U0075879

沉淪

Se Perdre
Annie Ernaux

安妮·艾諾——著

蔡孟貞——譯

導讀

請享用這一場意外的傾城之戀

詩人、作家／廖偉棠

安妮．艾諾稱她自己在四十八歲的這本情慾日記含有「某種露骨、晦暗、直截了當的東西，類似祭品。」——「祭品」二字相當扎眼，從一開始就為這本《沉淪》訂下一個有點悲壯又有點殘忍的調子。

但如此豔情，甚至充滿了《生命不能承受之輕》裡的戲劇性的一份祭品，是要獻祭給誰？以什麼為代價？又交換了什麼呢？

事發時間：一九八九年。那年世界風起雲湧，北京的慘劇過後，柏林圍牆、東歐、蘇聯……如骨牌效應紛紛倒塌，而漩渦的側邊，巴黎，一個中年女作家與一個蘇聯駐法外交官陷入了一場膠著難分的孽戀，幹得天昏地暗，不亞於外界的天翻地覆。

這未免讓人想到張愛玲在《傾城之戀》裡的名言：「香港的陷落成全了她。但是在這不可理喻的世界裡，誰知道什麼是因，什麼是果？誰知道呢，也許就因為要成全她，一個大都市傾覆了。」

如果真是這樣的話，安妮．艾諾和她的蘇聯情人豈不成就了一場意外的傾城之戀？

正因為蘇聯在瓦解之前的政局混亂，這個多情的外交官才得以夜夜笙歌、流連在安妮的床第之間，直到政變前夕他才被召回，時間點恰恰好，安妮．艾諾有點驕傲地總結：「內心深處，最大的幸福將是個人愛情與歷史洪流交錯，蘇聯的改革演變（革命）促成我倆相逢，就像《飄》般的傳奇。」

天哪，《飄》？她的自我定位比《傾城之戀》高得多。但沒有卡夫卡超然——卡夫卡在第一次世界大戰爆發的當天，日記裡只是寫了寥寥的幾個字：「德國對俄國宣戰。下午游泳。」

相對於《傾城之戀》裡的白流蘇和范柳原，安妮．艾諾和她的蘇聯情人S更像是法國版的張愛玲和胡蘭成，考慮到S也許是一個克格勃特務出身，這一點更令我們吃驚——而更令安妮．艾諾癡迷。一方面是：愛慾令一個四十八歲的成熟女作家變成一個暈頭小女孩，她急於獻媚、自我懷疑、妒意中燒……就像張愛玲對胡蘭成說：「遇見你我變得很低很低，一直低到塵埃裡去。」另一方面，慾望還是難免有隱晦目的。

——慾望本身不隱晦，但其目的隱晦。有的人之慾發展到權力慾、掌控欲，那就成為了國之慾、時代之慾，如洪水滔滔。安妮．艾諾不在乎那些，但她的慾望被別的東西推波助瀾，一樣洪水滔滔。

那就是「蘇聯」作為一個審美對象，對那一代西方作家尤其是法國作家的魅力，這點從紀德、沙特、艾呂雅、阿拉貢一路下來，幾乎成了一個傳統。安妮．艾諾坦言：「我還知道因為他是蘇聯人所以我喜歡他。絕對的謎，有人會說是異國情調作祟。有何不可？我深深為他的『俄國靈魂』著迷，或者可以說『蘇維埃精神』，蘇聯這整個國家，地理上、文化上（歷史）感覺是如此地相近，然而卻又是如此地迥然不同。」

「蘇聯」在書中出現六十八次（不算「蘇俄」出現的七次），頻率僅低於「做愛」這個詞。但在安妮享受那位象徵了俄羅斯之美的白皙高䠷健壯美男子（我不禁想她也會愛上普丁嗎？）的高級性愛之餘，她還是會被另一個蘇聯所困擾，「這篇關於蘇聯的文章讓我痛不欲生」——那是她不想面對的現實的、極權的、被S效忠的那個史達林遺物蘇聯。

面對強悍的S，安妮．艾諾也知道她的資本是什麼，她漸漸懂得用自己老練的情慾經驗、資本主義的精緻消費、性解放時代殘留的體位……這些來綁住一個比自己小一代的來自鐵幕後保守國家的男人。但因此她也免不了俗氣地貶損S的妻子、想像他還可能存在的別的婚外情，她幾乎放棄了一個作家的高傲，雖然她還多次揣測S是因為她的作家名氣而對她迷戀。

還是得請出比安妮清醒的張愛玲，姑奶奶在《色，戒》裡提到：「通往女人心的路，是陰道」。反之亦然，如果陰道的滿足成為了生命的全部，心未免會淤塞。做愛、等電話、做愛、等電話、做愛，如此翻來覆去的身心俱疲之餘，安妮．艾諾偶爾、很偶爾想起自己是個作家，正在荒廢文學。

日後她才知道，這就是文學本身。那就是她決定把日記原封不動出版，不標註虛構還是非虛構的原因。這也讓讀者頓悟，為什麼情慾常常以日記形式呈現為文學，如虛構的狄金森日記、普希金日記、慈禧情人的日記等。不可諱言，從讀者角度看是為了迎合我們必有的窺淫癖；從作者角度看，是更為赤裸裸的自我解剖甚至自殘，試想今天的安妮．艾諾看回那個神魂顛倒的癡情女人，除了冷眼審視，還是會有一份對她曾經恐懼老之將至所以亂了陣腳的心態的憐憫吧。

我年輕的時候，一度很渴望跳過即將來臨的中年，直接進入老年。青春披掛的虛榮和慾望，在年輕時尚能以一股少年心氣去掩飾過去，到了中年則盡顯其醜陋崢嶸，而分外招人厭惡。老年因為寡慾，反而有一種赤條條無牽掛的率真——當然，前提是你需要先擁有智慧。而安妮．艾諾的做法是，在老年來臨之前放棄理性的計較，縱情於慾——前提是她在對的時代遇見對的人——哪怕在別人眼裡是錯的時代、錯的人。

安妮．艾諾說：「阿根廷作家波赫士（Borges）的那句話好美：『世紀更迭，事件發生唯在當下；空中、地上、海上數不盡的人，真實的一切，就是發生在我身上的那些。』我很明白這些道理，而且了解得徹底通透。」這句話，完美地說服了我——為什麼要享用《沉淪》這一祭品，經歷這個女人用聰明的陰道和迷糊的頭腦所體驗的一年。

CONTENTS

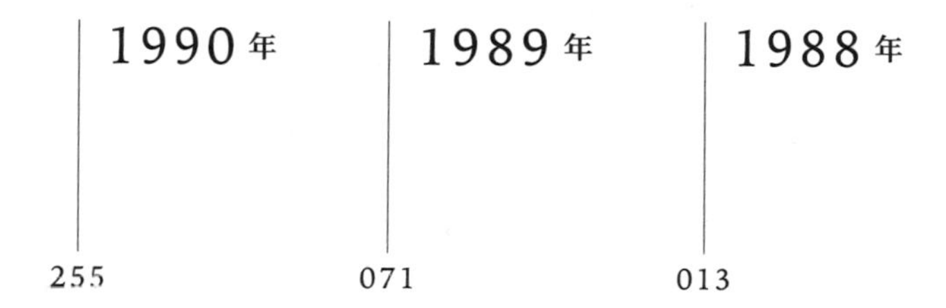

Voglio vivere una favola

我要活出精采

——佛羅倫斯，聖十字教堂（Santa Croce）台階上的佚名篆刻——

一九八九年十一月十六日，我致電蘇聯駐巴黎大使館，請他們轉接S先生聽電話。接線生一句話也沒說。一陣長長的靜默之後，一個女性的聲音傳來：「您知道，S先生昨天返回莫斯科了。」我立刻掛上電話。恍惚覺得我曾在電話裡聽過這句話，遣辭用字或許不盡相同，但是傳達的意義卻是一致，帶著同等沉重的恐懼以及同樣程度的無法置信。後來，我想起了那通宣布母親死訊的電話，三年半前的往事了，醫院的護士說：「您的母親在今天早餐後與世長辭了。」

當時，柏林圍牆倒了。蘇聯在歐洲扶植的政權接二連三地動盪不安。剛剛回莫斯科的那個男人是蘇聯的忠實僕人，任職巴黎的俄國外交官。

我是在前一年認識他的，在一次前往莫斯科、提比利西和列寧格勒的文人之旅上，他受命隨行。在列寧格勒，我們一起度過了旅程的最後一夜。回到法國之後，我倆仍舊繼續維持著這段關係。見面的約定如儀，一成不變：他打電話來，問可否在下午或晚上過來，約明天或者後天的情況比較少。他過來，通常只待幾個小時，這段時間我們做愛。他完事離開，我活在等待他下一通電話的期待裡。

他三十五歲，太太在大使館裡擔任他的秘書。隨著我倆約會次數的累積，他的人生片段逐漸披露。他的前半生經歷算是典型的青年共黨官僚發展史：先是加入共產主義青年團，接著是蘇維埃共產黨，後來到古巴待了一陣子。他的法文說得劈哩啪啦連珠砲似地飛快，帶著濃濃的口音。儘管他公開表態支持戈巴契夫以及改革，但往往酒後吐真言，緬懷布里茲涅夫時代，而且毫不掩飾他對史達林的崇仰。

我對他的職責毫無所悉，就官方說法，應該是屬於文化藝術的範疇。今天，我驚訝地發覺自己居然沒有多問些關於他的事。我永遠也無法得知我在他的心中占了什麼樣的位置。唯一能夠確定的就是，他對我有慾求，就這個名詞字面的各種意義來看，也就是說，我算是他的黑市情人。

這段日子裡，除了雜誌的邀稿之外，我什麼都沒寫。少女時代起，不定期記錄心緒的私密日記成了我心靈創作的唯一空間。藉著記錄閨房細語和情慾愛撫的方式，支持自己撐過下次約會前的等待煎熬，同時讓見面時的歡愉加倍。最重要的是，解救生命，讓生命跳脫空虛。然而，事與願違。

自他離開法國之後，我開始埋頭寫一本書，這場刻骨銘心的激情，至今仍活在我心中。我寫寫停停，一九九一年終於竣稿，並於次年一九九二年出版：《純是激情》。

一九九九年春，我回到了俄羅斯。自從一九八八年那趟旅程之後，我再也沒踏上這塊土地。我沒找S，我已不在乎了。在重新冠上聖彼得堡舊稱的列寧格勒，我和他一夜良宵的酒店名字早已不復記憶。整個旅程，只剩下我腦海裡僅餘的零散俄文，見證這段情感真實地存在過。不由自主地，我發揮了極致的鍥而不捨的精神，一字一字解讀印在招牌和廣告看板上的斯拉夫字，出乎意料地，我竟認得這些字、這些字母。當初為了這個男人學了這些字，現在他已經走出了我的生命，是生是死於我已全然無擾。

二〇〇〇年一月或二月，我開始重讀日記裡有關我對S的愛戀篇章，這些筆記本已經塵封了五個年頭（開封的原因何在，我想沒有必要在此提起。這些筆記本是塞在我無法拿到的地方）。我發覺這些篇章的字裡行間流露出另一種「真相」，不同於《純是激情》裡的描述。某種露骨、晦暗、直截了當的東西，類似祭品。

我將文字原封不動地搬上電腦螢幕。那些為了抓住當下思緒、情感而流洩紙頁的字句，對我而言，跟光陰一樣，擁有無法倒轉的特性：它們本身代表的就是一個時代。當文字裡帶的批判色彩可能傷及書中人物時，我採用姓名縮寫這個簡便的方法，同樣的方法也套用在我狂戀的對象S身上。並不是因為我相信此舉足以防止他的身分曝光——成效顯然不彰——而是因為縮寫字母的欲蓋彌彰，在我眼中反倒與當時這男人在我心裡的形象頗為吻合，喚起我內心無以名狀的恐懼的，那絕對的權威形象。

外面的世界幾乎完全剔除在這些紙頁之外。直到今天，我都仍認為，一天天逐日記錄下自己的想法、舉動、所有的繁瑣細節——如在他的車內做愛，欲仙欲死，他卻死也不肯脫襪子——更勝過國際時事，因為要國際大事我大可到檔案資料庫裡找，而這些細節卻構成了這部人生的小說、這段深情。

我很清楚，這份日記以赤裸裸的內心剖白形式出版，毫不顧慮S的感受，會有什麼後果。看到精采的段落，他大可給我扣上濫用文學創作自由的大帽子，甚至視之為背叛。我私下想，他多半會一笑置之，或是嗤之以鼻，「我找她不就只想幹那檔事。」我希望他可以接受這個事實，即便他無法理解也無妨：在這幾個月裡，在他不知情的情況下，他曾經是一切慾望、死亡和文學創作的本源，美妙也罷，罪惡也罷。

二〇〇〇年秋

1988年

我無法成眠，無法擺脫他的肉體，
就算人已走，卻仍盤據我心。
這止是我悲哀之處，我無法忘卻另一個人，
無法成為獨立自主的個體，
我是空洞的華麗詞藻，人呼之即來揮之即去，
連軀體都得依附在另一具軀體才得以生存下去。

九月

二十七日星期二

S……這一切的美在於：跟以往，五八年、六三年，與P在一起的時候完全一模一樣的慾求，一模一樣的動作。一樣的昏沉欲睡，一樣的欲振乏力。三個場景逐漸清晰起來。傍晚（星期天）在他的房裡，我們並肩坐著，彼此撫觸，什麼都沒說，心照不宣，渴望著接下來的發展，儘管我仍有權及時喊停。每回他把香菸拿到擺在地上的菸灰缸彈菸灰時，他的手總是緊挨著我伸直的雙腳輕輕地滑過去，眾目睽睽之下，而我們假裝沒事人似地閒聊。後來，其他的人離開了（瑪麗、愛琳、R.V.P.），但是F死賴著不走，他在等我一起離開。我知道現在我若是踏出了S的房門，就再也沒有勇氣回來了。至此，事情變得混亂不明。F出了門外，或者該說差不多要踏出門檻，門是開的，而門剛一闔上（誰關的？），恍惚中，我倆迫不及待地黏成一團。我們仍在玄關，我的背緊貼牆面，按著電燈開關，燈光一明一滅。我必須換個地方。我任自己的大衣、皮包、外套滑落一地。他熄了燈。夜晚降臨，我沐浴在絕對的激情中（然而，一如往常地，不想再見到他的念頭油然而生）。

場景二，星期一下午。我整理完箱子，他來敲我的房門。我們在門口互相愛撫。他是那麼渴望我，我跪在地上用嘴讓他享受歡愉，好久好久。他沒說話，後來開始喃喃唸著我的名字，帶著俄羅斯口音，彷彿在誦唸一串祈禱文。我的背貼著牆，漆黑一片（他不願意點燈），性靈合一。

場景三，開往莫斯科的夜車。我們在車廂後頭擁吻，我的頭離滅火器很近（我後來才看見）。這一切發生在列寧格勒。

就我這方面而言，當然絕非謹慎明智，也無關乎羞恥，更沒有疑慮，算了。一個循環形成，我犯了以往犯過的錯誤，但這已經不再是錯誤了，只有美、激情、慾望。

昨天搭機返國之後，我試著重新把這一切拼湊完整，但是每個片段好像執意要逃，好像那是在我無意識之下發生的事情似的。唯一能確定的是：在薩葛斯柯，星期六，那個時刻，參觀皇室寶藏的當兒，他腳上一雙便鞋，伸手摟著我的腰大約幾秒鐘時間，然而，我當下便了然於胸，我願意跟他上床。不過後來，我的慾望到哪兒了？與VAAP（蘇維埃作家權益局）的主任契特維利科夫一塊用餐，S離我遠遠的。出發前往列寧格勒，搭乘臥鋪車。那個時候，我想要他，但是情況並不允許，而我並不著急，事情無論發生與否，於我都沒有造成任何傷痛。星期天，參觀列寧格勒，早上探訪杜斯妥也夫斯基的故居。我以為我誤會了他對我有意思，於是我斷了這念頭（真是這樣？）。在歐洲飯店用餐，我坐在他身旁，打從旅程開始，這種情況相當常見（有一天，在喬治亞，他恰巧坐在我旁邊，我反射性地把濕濕的手往他的牛仔褲上抹）。參觀皇宮時，我們不常走在一起。回程路經聶瓦河上的一座橋，我倆肘倚欄杆，並肩相偎。晚餐訂在卡拉里亞飯店，座位分開。R.V.P.不斷慫恿他邀瑪麗共舞，那是一首慢舞。儘管如此，我知道他和我有著同樣的渴望（我剛剛漏掉了一段：晚餐之前的芭蕾舞表演。我坐在他旁邊，滿腦子都是對他的渴望，尤其是到了下半場表演的時候。舞台上是一齣類似百老匯的歌舞劇，曲目《三劍客》，音樂至今還縈繞腦海。當時我對自己說，如果我想得起來舞者賽琳娜的伴侶的名字，我們將會上床。我想起來了，她叫綠賽特·艾爾蒙佐）。在他房間裡，他請我們上去喝一杯伏特加，明眼人一看就看得出來他精心安排要坐在我旁邊（花了好大功夫才把F擠走，F也想坐我旁邊，他黏著我不放）。此時此刻，我明白了、感覺到了、完全確定了。水到渠成的時候到了，那一點靈犀，無須言語說明對彼此的強烈渴望，跟這一切絕對的美。而在這幾秒鐘的「忘我」時間內，門邊上，我倆合而為一。彼此死命抓住對方，拚命地擁吻，他拉扯我的嘴、我的舌，抱得我喘不過氣來。

距離第一次駐足蘇聯七年後的今天，我頓悟了我與男人之間的關係（這次就跟他一個男人而已，他，沒有別人，一如過去與C.G.，然後跟菲力普）。深沉巨大的疲憊。他三十六歲，看起來只有三十，高大英挺（在他旁邊，若少了高跟鞋，我顯得矮小），綠色眼眸，淡褐髮色。P最後一次盤據我腦海的時刻，我正躺在床上，剛做完愛，一股淡淡的感傷。現在，我滿腦子只想再見到S，譜完這段故事。而，一如六三年的菲力普，他在九月三十日回到巴黎。

二十九日星期四

偶爾，我捕捉到他的臉孔輪廓，但瞬間即逝。現在，他蹤影全無。我知道他眼睛的樣子、嘴唇的線條、牙齒的形狀，卻無法拼出全貌。可以辨識的唯有他的身體而已，他的雙手都還認不出來。一股欲哭的衝動吞噬了我。我要的是完美無瑕的愛，一如我想在文學創作達到的圓滿境界。寫《一個女人》（Une Femme）時，我自認為已臻這個境界。完美的愛只可能存在於犧牲奉獻，失去一切理智的情況下。這已經算是個好的開始了。

三十日星期五

他還沒打電話來。我不知道他的班機何時抵達。他屬於那種略顯羞澀、高大的金髮男子類型。駐足我年少歲月的都是這類型的男子，最後他們全把我一腳踢開。但是，現在我明白了，唯有這類型的男子能夠支撐我，讓我快樂。倘若一切僅止無此，列寧格勒的那個星期天，無聲的特出默契所為何來？內心深處，我不認為我們將不再相見，問題是什麼時候再見？

十月

一日星期六

十二點四十五分。班機延誤了三個小時。苦樂參半，到頭來，他打不打電話來其實沒有什麼差別，同樣地緊張難耐。從十三歲起，我就嘗過這種滋味了（G. de V.、C. G.、菲力普是三大要角，接著是P）。「美麗的愛情故事」展開了？我好怕死在車上（今晚，在巴黎和里爾之間的路上），好怕碰上什麼，阻礙你我再相見。

二日星期天

疲憊，無力。從里爾回來後，四點才睡。在大衛的小套房裡做了兩個小時的愛（大衛和艾瑞克是我的兩個兒子）。青腫、歡愉，還有揮之不去的及時行樂的想法，盡情享受離別前的每一秒，心力交瘁，搶先在恐怖的危險警告「我太老了」之前。但是，我三十五歲的時候也可能嫉妒一位年逾五旬的美麗婦人。

索堡公園，水道縱橫，冰冷潮濕，空氣飄著泥土的氣息。七一年間，我到這裡參加高等教師資格會考，那時候我怎麼也想不到我會再回到這個公園，身邊跟著一位蘇聯外交官。此刻，我看見了數年之後的自己，再度踏進這裡，重溫今日漫步的足跡，就像我為了憑弔六三年的一段回憶，一個月前跑到威尼斯去一樣。

他迷大車、愛豪華、搞人際關係，極少人文氣息。連這些都像回到過去，像我丈夫的形象，令人討厭的模樣，而它出現在這裡的原因是，它與我過去的某個生命片段相吻合，那是非常甜蜜、積極的時期。我甚至不怕跟他一起坐車。

該如何才能讓我的依戀維繫長久些，讓他也偶爾感到要拴住我的心並不是那麼簡單……

三日星期一

昨晚，他打電話來了，我還在睡夢中。他想過來，我沒辦法（艾瑞克在此）。翻騰的夜，這分慾望，我該拿它怎麼辦呢？還有，今天，我是見不到他了。我哭了，出於這分慾望，出於想要他的這分真實的飢渴。他反映了我自己最「意氣風發」的部分，也是最年少輕狂的我。極少人文氣息、迷大車，開車時愛聽音樂，「彷彿」，他是「我年輕時候的男人」，金髮又帶點莊稼漢的味道（他的手、方正的指甲），他帶給我滿滿的歡愉，完全不想對缺乏人文氣息這點再多加苛求。我還是得真正地睡一點覺才行，體力已到達極限，無力再做任何事。悲慟和愛情，無論是在我的心靈，或是對我的肉體而言，代表的都是同樣的一件事。

艾荻・皮雅芙（Edith Piaf）的歌：「神啊，把他留給我吧，再一會兒就好，一天、兩天、一個月……足以迸出愛火，然後傷痛的時間……」我走得愈遠，陷得愈深。母親的病和辭世讓我看清了有人相伴扶持的需要。每回鬧著對S說：「我愛你。」他總回答：「謝謝！」大約與「謝謝，不客氣」的意思相去不遠。這樣的問答我覺得很有趣，的確。然後，他說「妳等著看我太太吧」時，言辭間又是幸福、又是驕傲。我，我是作家、妓女、外國人、豪放女；我不是大家珍藏、炫耀，又會撫慰心靈的「瑰寶」。我不會撫慰人的心靈。

四日星期二

我不知道他是否有意繼續下去。「外交」病（一笑！）。但是，淚水已經瀕臨決堤邊緣，因為歡笑成了泡影。多少次，我癡癡地等，裝扮得「美美的」，滿臉堆笑，最後卻是一場空。兩人世界沒有成真。而他，在我的感覺上，是如此地難以捉摸、神秘難測，必要的時候，想必他也會是個不折不扣的、表裡不一的偽君子。打從七九年他就入黨了。那副得意之情，跟升官、通過考試沒什麼兩樣。他曾經是蘇聯最優秀的公僕。

今日唯一感到幸福的時候：在RER（巴黎地鐵快車線）上，有個小混混上前搭訕，我粗話衝口而出：「還不給我閉嘴，看我給你兩巴掌……」我成了最最平常、醜陋的搭訕場景的女主角（還有兩個配角在一旁觀看），在一輛空盪盪的地鐵快車上。

難道與S的幸福已成過往雲煙？

五日星期三

昨晚，九點，電話：「我來了，在妳家附近，在瑟吉……」他過來，我們躲在我的書房裡兩個小時，因為大衛也在。這一次，他毫無忌憚。我無法成眠，無法擺脫他的肉體，就算人已走，卻仍盤據我心。這正是我悲哀之處，我無法忘卻另一個人，無法成為獨立自主的個體，我是空洞的華麗詞藻，人呼之即來揮之即去，連軀體都得依附在另一具軀體才得以生存下去。經過這麼一個夜晚的折騰之後，實在難以定心工作。

六日星期四

昨天晚上，他到瑟吉來找我，我們去了大衛的小套房，在勒本漢街上。燈光昏暗，他的身體若隱若現，同樣的狂熱激情，幾乎整整三個小時。回程路上，他開得飛快，收音機開著（「紅與黑……」，去年的流行歌曲），閃大燈。有一款超強馬力的汽車，是他很想買的，他指給我看，十足的志得意滿神情，外帶一點莊稼漢味道（我還在休假，我們可以再見面，他對我說），而且還鄙視女人：那些女政客，他快被她們笑死了，她們開車技術之爛……而我卻覺得這些頗能助興，我對這些有獨特的性趣。愈來愈神似「我年輕時候的男人」的理想形象，就像《清空》（Les Armoires vides）裡描繪的樣子。來到房子門口，最後的一場戲上演，真棒，我感覺到了，這個除了「愛」之外，找不到其他字眼可以代替的東西：收音機繼續響著（播放依夫．杜岱爾（Yves Duteil）的〈小木橋〉），我的嘴唇輕輕撫遍他的全身，直到他達到高潮，就在這裡，他的車裡，洛賽爾巷內。之後，我們在對方的眼裡失去蹤影。今晨，醒來的時候，我重溫那場景，一遍又一遍。他回到法國還不到一星期的時間，跟在列寧格勒的時候相較，已經是如此的難分難捨，動作如此的大膽放縱（我們幾乎施展了所有的床上功夫）。我做愛跟寫作的時候總是這樣，彷彿完事後我就要死了似的（再說，昨晚在回程的高速公路上，確有乾脆出車禍、死掉算了的意念）。

七日星期五

慾望之火沒有熄滅，相反地，伴隨著更痛的苦、更強的力道重燃了。他不在身邊的時候，我已經看不清他的臉孔了。就算我倆在一起好了，我看他的感覺也無法像從前一樣，他有了另一副面孔，如此的親近，如此的一目了然，像是替身。幾乎總是我採取主動，但卻聽由他的渴求來進行。昨晚，他打電話來時我已經睡了，司空見慣。緊繃、幸福、慾火。他喃喃唸著我的名字，重重的喉頭音，重音和下顎顫音落在第一音節，第二音節於是顯得益發短促，「安——妮」，從來沒有人這樣叫過我的名字。

我想起我在八一年間抵達莫斯科時（接近十月九日）眼前的那位蘇聯士兵，如此的高大、那般的年輕，我的淚水情不自禁地灑落，落在當時這個幾乎可說是完全存在想像裡的國度上。現在，我有點像是在跟那位蘇聯士兵做愛，好像七年前的所有情緒一股腦地全宣洩在 S 的身上。一個星期以前，我還看不出任何火花。借用安德烈・布魯東（André Breton）的句子：「我們做愛，如陽光熾熱，如棺槨蓋定，砰然有聲。」差不多這意思。

八日星期六

勒本漢街的小套房。剛開始有點懶懶的，漸漸溫柔甜蜜，終至精疲力竭。在某個時刻，他對我說「我下星期再給妳電話」＝這個週末我不想見面。我微笑以對＝沒問題。心痛、嫉妒，雖然明明知道把見面的間隔拉長一點是比較好。我陷入狂歡之後的疑慮不安之中。我好怕自己顯露出黏人、年老色衰的樣子（因為年老色衰所以黏人），我不禁自問該不該玩點欲擒故縱的把戲，孤注一擲！

十一日星期二

昨天晚上他十一點離開。這是第一次接連著幾小時做愛，沒有喘息的時間。十點半，他起身。我說：想要點什麼嗎？他說：要，妳。二度進房。十月末將會多麼難熬，因為月底他太太就來了，我們的關係也等於劃上句號。但他會這麼輕易地放棄嗎？我覺得他似乎非常眷戀我們在一起時迸出的快感。聽，他放縱情慾，激情性愛情不自禁的叫聲！是喬治亞人的尋歡禮儀！現在他竟敢問我：「妳爽嗎？」剛開始沒有。今晚，首度嘗試肛交，儘管這是他的頭一遭。的確，有個年輕男子在自己床上是能教人忘卻年齡和歲月。這分對男人的需要，是如此的恐怖，幾可比擬對死亡的渴望，而它一直掏空我的心靈，何時才停……

十二日星期三

我的嘴、臉、性器青腫疼痛。我做愛時完全不像作家，換句話說，心裡並不會想著「這對創作有幫助」或者抱持敬而遠之的態度。我做愛的時候永遠就像——為什麼不呢？——是最後一次做愛，在我還平凡地活著的時候。

再想想：在列寧格勒的時候，他非常的笨拙（出於羞怯？或是經驗不足的緣故？）。他變得愈來愈高明，這樣說來，就某種程度來說，我不就成了他的啟蒙老師嗎？這個角色我很欣賞，卻是相當脆弱、曖昧的。這並不是長久交往的保證（他可能會把我當成妓女，一把推開）。不論是不自覺或矛盾的言詞，都讓我覺得挺有趣的：他對我侃侃而談他的太太，他們認識的方式，蘇聯地方必須遵守的道德禮儀限制，接著五分鐘過後，他哀求我跟他一起做愛，上樓進房間。這一切是多麼的幸福。而且，當我對他說「你做愛技巧真棒」時，他很自然地表露出一副快樂的樣子努力抽動，但是，我也一樣，我也很希望能夠聽到他對我說類似的話，像在列寧格勒的時候。

十三日星期四

有必要重提做愛和購衣癖之間恆存的關係，無底洞似的慾望（儘管從排解慾望的角度來看，我對其效用持高度的懷疑態度）。八四年間出現過同樣的情形，我不斷地買，裙子、毛衣、洋裝等等，從來不考慮價格，就是花錢。

守著電話苦等。再加上，全然猜不透的疑問：我到底哪一點讓他著迷？

而我竟開始學起俄文！

十五日星期六

勒本漢街的小套房，上樓的腳步聲。他沒敲門，逕自試著想進門。我轉動鑰匙。身體柔軟、光滑、缺乏威武雄風，除了……還有個頭高大，比我高出許多。那關了燈好做愛的動作，溫存良久良久。回去的路上，他車開得飛快，而我的手擺在他的大腿上，鉛似地僵硬。愛／死，多麼強烈的感受。

上個星期二，在新凱旋門附近，我想，我是多麼深愛著這片城市天地，高聳入雲的摩天大樓、燈火景觀，甚至車輛，以及這些藉藉無名卻人潮擁擠的地點，在這裡，記錄了已成過往的、現在進行的邂逅和激情。（依夫多、勒邁伊，星期天總是空瀉盪的，只有小貓兩三隻，「難道我永遠走不出去……」）

不管怎麼說，S已經是一段美麗的故事了（雖然僅僅三個星期）。

十七日星期一

依舊認為要堅守若即若離的策略：今天，心裡十分確信十月底之後，不會有續集發展，或許在月底之前就結束了。想著，我沒問他他太太叫什麼名字（一種微妙的表達慾望形式，是想洩漏醋意還是想要摧毀另一個女人）。

十八日星期二／十九日星期三

一點半。八點半他跟我從巴黎回來，然後在十二點四十五分的時候離開。他做愛（應該說，我們做愛）的渴望愈來愈尖銳，愈來愈深；他高談闊論，啜飲伏特加，然後我們再度縱情色慾。如此這般，四個小時，三度雲雨。我倆的星期二可以媲美羅馬街的那些星期二（我指的是馬拉美[1]——還有我，四年前，和P）。想當然耳，沒怎麼多想，更精確地說應該是，再想也理不出頭緒：當下、膚觸、另一個人。每一秒鐘，我是那飛逝的當下，滯留在車裡、在床上、聊天時的客廳裡。不確定感給這些私會注入絕對的激情、力道。

之後，一整天，我都沒能從這分感覺中抽離。偶爾靈光乍現，做愛時刻重現眼前（他要求我轉到上面，為他進行口交，他仰躺著，呻吟不止。他對我說：「妳的床上功夫實在不可思議。」緩緩地，在他的引領之下，滑向他的腹部，他終於也採取主動了）。接著，記憶、麻木消失，我再度渴望他，但是，我孤獨一人。我又開始等待。在這種情況下，我不知道何時能夠開始工作（講義或寫作），除非一切就此結束。

二十一日星期五

自星期二晚上之後，無消無息。永遠無法知悉是為了什麼。等待。我在院子裡工作，滿腔怒火。再過幾個小時，想要約今晚到巴黎見面，就嫌太晚了。打從這個故事開始發展至今，我還沒掉過一次淚。今晚，也許吧，如果我們沒見面。

二十二日星期六

他銷聲匿跡，我出發去馬賽。昨晚，當然流淚了。今晨兩點醒來，心痛、看開生死，甚至看開情慾。然後，埋首寫作，靈犀一動，我可以寫「這個人」，這些幽會，稍解我尋死的念頭。因而我了解到，長久以來，情慾、寫作和死亡的念頭一直在我腦中更迭輪替。因此，昨天，我以母親為主題而寫的一本書裡的一句話浮上心頭：「走出戶外，我的情況反而最糟。」我大可用這句話為今天下註腳，這一天，愛情似乎已經完全棄我而去。我知道《清空》的故事背景是建構在痛苦和破裂的姻緣之上。我知道在菲力普和我之間，存在著死亡的陰影，那次的墮胎。我寫愛，用愛來代替，用愛來填滿空白的位置，超脫死亡。我做愛時，那慾望跟我對文學創作的慾望如出一轍，要求完美無瑕。

夢裡，為了想一嘗駕駛之樂，我偷了九年前我們曾經擁有的那輛雷諾登山樂。這夢的象徵意義是如此的明顯：這輛車是吸引 S 之物，他對跑車和「高級」車如此瘋狂的著迷。天大的誤會。他喜歡的只是我的作家身分，我的「榮耀」，而這一切都建築在我的痛苦、活不下去的深沉無力感之上，剛好全擠在我倆故事裡發酵。

1 Mallarmé，1842-1898，法國詩人。

二十三日星期天

今天早上，愛克斯—普魯旺斯的雙侍者咖啡廳門可羅雀，幾乎只見我孤獨的身影。一九六三年，在波爾多的往日浮現：熱愛咖啡廳、隱姓埋名、邂逅。痛苦、不安，與六三年相仿。從星期二和星期三間的夜晚至今，音訊全無。無法知悉。對方這樣的冷淡，對我的憧憬無疑像是澆了一大盆冷水。夜裡，他來電話了。十五天，卻已經是如此遙遠。在子彈列車裡頭，有一股衝他大吼的衝動。最後一次重溫，意猶未盡地，動作、言語（少之又少）。但是，那是十八歲的我，瘋狂地愛，瘋狂地想死。現在的我面臨的已經不再是同樣的絕望境地。

二十四日星期一

十一點十分，電話來了。星期三見（或許）。顯而易見地，所有的這些暗夜私會，在我跟他的眼裡，優先次序不盡相同。我有太多的時間醞釀和想像激情，這是我的悲哀。沒有任何來自外界的強制工作束縛。自由將我捲入激情漩渦，緊緊的，掙脫不開。

星期三中午。與蘇聯大使里雅波夫以及ＶＡＡＰ的主席共進午餐，Ｓ必然出席。令人興奮遐想的情況，同時也相當尷尬。最完美的情況將是，結束了這場表面上毫無瓜葛的公開表演儀式之後，晚上他過來。這是偷情源源不絕的魅力所在。

二十五日星期二

早上，我自我陶醉、夢想著，再過兩天，一切都將拋諸腦後。我還無法很確定接下來要做什麼，原則上，我的夢想不是空想，而是踏實可行的。它們已經是現實了，是現實的一部分。雖然——我很懷疑——真實的過去，或許比較美好（比如在列寧格勒的時候）。我要求自己明天一整天要達到某種程度的完美，而這或許正是致命之所在：無聊的晚宴，而夜裡又無法會面。總之，一襲黑色套裝、綠色襯衫，搭配那條做愛時我刻意不褪下的珍珠項鍊（如果用餐時，他能注意到）。我知道在此刻——每一位都對我這麼說，我也不斷地碰到有人上前搭訕，就在昨天，在歐尚——我比以前任何時刻都美，比二十歲、三十歲的我更美。「天鵝湖」（那是在列寧格勒觀賞的芭蕾舞表演曲目）。現在，我清楚地想起來了，在列寧格勒的那間房間裡，發生了什麼事：我準備好了要出門，正要反手把門關上，卻又踏入房間。他應該站得相當靠近，因為我們立刻黏在一起。

二十六日星期三

該說是幸福的午餐，他就在那兒，正對面。知道晚上能見面。知道我們是一對情人。不能顯露出一絲一毫（或許，就我這方面而言，做得不夠好？）。現在是晚上八點，他應該在一或兩個小時後到來。枯等時刻儼然世界末日，濃濃的幸福卻不夠圓滿。幸福之前的快樂。總之，我知道人生禍福難料，他可能無法過來，出了車禍。皮雅芙的歌聲：「神啊，把他留給我吧，再一會兒就好……就算我錯了，還是請您把他留給我。」這樣的美，這樣的渴望。抹去六三年的十月。笨拙的青澀年華，十足的蹩腳。

二十七日星期四

九點四十分，或許吧。他在凌晨兩點四十分離去。「我像個瘋子一樣地開車。」我再也無法抽離我倆相依的這塊夜晚版圖。做愛，無窮無盡的做愛，身軀（那還算是凡身肉體嗎？這塊飢渴難耐的東西是什麼，竟然凌駕情慾之上？）根本沒有分開過，就算分開，也是極短暫的時間。好像這是最後一次似地，儘管他真心希望能再見面，顧及不了他太太了。

一個月的時間裡，我們從糟糕的性交層次往上提升到某種完美的境界，嗯，勉強算是。他抗拒真情流洩，而他也必須如此，卻放任自己被情慾操縱。我該拿這個改變我人生的男人怎麼辦呢？現在他比較渴望「付出」，跟我一樣，我想要付出，雖然他仍保留著某種程度的粗暴，洩漏出他缺乏經驗的事實。感覺上，他似乎真正發現了性愛所能做的一切，他渴望嘗試一切（故而，他提出在乳房之間做愛的要求，我的乳房）。他離開了，恍惚中覺得自己在他的身軀裡沉沉睡去。

十月二十六日星期三，完美的一天。

他一一細數：聖羅蘭的襯衫、聖羅蘭的外套、Cerruti的領帶、Ted Lapidus的長褲。名牌的奢華品味，對蘇聯缺乏的一切物質的急切企求。我怎麼能——我，當年那個穿衣最沒品味的小丫頭，對富家嬌嬌女的洋裝哈得要命的我，又怎能予以苛責呢？而且，我看得出來所有的衣服都是新的，他希望能穿得愈來愈有品味。裝扮，炫耀愛情。這一切其實也很美。

我的名字迴盪夜裡，是對激情的讚嘆。對他的陽具愛不釋手。聯想到從十字架上鬆開，裸身的耶穌畫像，當他微微挺起身體，想看我愛撫他全身時（一開始交往時，並沒有這種情形），我的那副模樣給他帶來高潮，令他讚嘆不已。他上半身的弧度、腹部的線條，昏暗中的一身雪白肌膚。我是如此地疲倦……除了這個之外，無力做任何事：寫他，寫「這個」，如是神秘，如是可怖。

現在，我再也不往愛情裡面尋找真相，我轉而追尋一分至臻完美境界，兼具美感、激情的關係。避免可能造成傷害的部分，其實就是盡量地使他感到愉悅。同時還要避免讓自己看起來一副貪得無厭的模樣，我的確如此。真實的原貌只能在創作當中呈現，不是在生活中。

三十日星期天

我跑去拉羅雪，星期天港口門戶上方的天空澄明清朗。在火車上，我努力將心力貫注在閱讀上，腦海縈繞不去的卻是：他太太來了。昨晚，近午夜三十分的時候，他來電，希望下個星期能找個時間碰面，星期一或星期二。之後，我高聲呼喊了好幾次：「太棒了！」能夠聽見他的聲音，知道能夠繼續。今天下午，想起十六歲那年的十二月天，為了與G. de V.相見，發著三十九度高燒的我硬是撐著上完一整天的課，還準備第二天帶著四十度的高燒跟他一起去看電影。他不能去。我只好回家，躺下，結果我得了輕微的肺炎，一躺躺了兩個星期。我還是依然故我。或許，只是時間短了一點（我指的是，做這種蠢事持續的時間縮短了）。這倒不假，給S的信裡面，我寫著：「宛如你是我生命中唯一的一個。」

十一月

一日星期二

昨天中午，勒本漢街小套房，稍欠隱密（隔壁的電視）。他來了，第一波冷鋒把他凍得像根冰棒（攝氏零度），他身上穿著一件濃濃蘇聯風的毛衣。我看著他修剪不齊的指甲（一貫的莊稼漢風味，我在大使官邸注意到所有的蘇聯人皆是如此）。而，恰巧，這些特色對我來說比任何東西都來得吸引人。之後，我去拜訪海洛依莎和卡羅斯．費爾。他們那裡還有約瑟．雅居，我不認識他。我滿身疲憊地抵達，渾身上下散發著濃濃的男人氣味，臉上殘留著吻痕（不容辯駁，看得一清二楚，下巴上紅紅的印記）。我所有痛苦的癥結在此：我只要一看到他，就不停地做愛，幾乎沒有喘息地做愛，然後，等著再見面的念頭隨即在我心底醞釀發酵。但是十一月，可不像十月能爆出那般燦爛火花，因為他太太在這兒，同時也因為激情，無可避免地，必然會逐漸冷卻。

回憶，昨晚：五八年九月在賽斯那晚所穿的沾了血跡的內褲，就在依夫多，我的房間裡，保存了數月之久。內心深處，其實是在「贖回」五八年，五八年的最後三個月的恐懼，我的人生建構在這分恐懼上，而這些——不合時宜的——被搬到《他們的話，空話》（Ce qu'ils disent ou rien）一書中。

星期五，星期五……介紹我認識他的太太，想到就害怕。我，要成為，最豔驚全場、最亮眼的星星，一定要。

二日星期三

我總是夢想著擁有更多，所以，才有在尼耶芙或是其他地方的獨特約會之類的事。

無法終止目前這種關係不斷地重演（毫無疑問地，我與菲力普的婚姻就是在這個情況下促成的，完全沒有料到這竟是夢幻的墳墓）。

晚上。一星期。這分感覺比任何東西、比在任何時刻都來得強烈，面對它，我愈來愈恐懼。他再也無法在夜裡到瑟吉來了。在我眼裡，小套房色澤盡失，它的燈光黯淡、鄰居的聲響模糊。覺得這一切終將完結，慢慢地。我不會說他的母語。他打電話來找我從來沒為別的，只為了性愛（不如直說「性交」，還來得乾脆）。然而，星期五在大使館，至少，可以有地下情那分偷來暗去、只有我們彼此知曉，而其他人毫不起疑的滿足感。我倆的肉體、氣喘吁吁、暗藏的獸性，這些於我等同性命一般。十月革命！八一年，初抵莫斯科時灑下的淚水，難道是個預兆？

四日星期五

十月革命……蘇聯大使館無聊的一群人，宛如擠在一座「地下掩蔽壕」。S問我：「下午，可以過去嗎？」這完全出乎我意料之外，白日夢、枯等被摒棄出場。他的慾望同樣強烈，我無法確知，我想是的。歡樂時光，關上百葉窗，再度擁抱他的身軀，做愛之前，慾望昇華，更臻完美。

為了星期一在愛麗榭宮的晚宴而緊張不安，查爾斯王子和黛安娜王妃也是座上賓。

難道真的沒完沒了嗎？總是會有比上一回上流社交活動還要令人焦慮不安的場合？與密特朗在迦立瑪出版公司共進午餐時的驚惶真的要被比下去了嗎？

換新的筆記本。希望：與S的關係能夠愈來愈穩固；如我所願地創作一本人格局的書，從八九年初開始寫起；不再為金錢煩惱。

七日星期一

說實在的，我接受今晚愛麗榭宮的晚宴邀請全是為了S，為了凸顯我在他眼裡的身分地位，以比肩他的交遊層次，渲染榮耀。我把這道「關卡」當作一項待克服的考驗，必經的挑戰：堅持到底，全程參與這次上流社交活動，釋然面對十六歲時的夢幻破滅，當時的我醒悟到自己無法躋身這些盛宴的殘酷現實（五六年的時候，生病的我躺在床上讀著——天大的巧合——《費加洛報》，那當兒，我心痛地發現G. de V.隸屬這些上流階層，而我的身分是如此地「低下」）。

八日星期二

這一次，真真實實地渴望感受奢華排場、榮耀頂峰的滋味。內心憤怒的憂慮姍姍來遲，好怕在最後時刻「顯現出來」。在R5轎車內，一路沿著香榭大道、瑪尼女大道滑行。對我來說，查爾斯王子到底有幾分真實性？皇室晚宴，音樂流洩。我認為這項屬於舊世界的「心靈默契」，或許在未來的某一天，將被其他的洪流逼退。心裡想的是蘇聯、中國。昨天晚上，或許我們跟一九一三年或是一九三八年那個時候的人差不多，身處同樣金碧輝煌的大廳，同樣地閃閃躲躲，一如包法利夫人在沃比薩的晚餐。這一切在我眼裡比不上我對一個男人的慾望，列寧格勒的那個夜晚。如果我幻想回到莫斯科——很瘋狂，沒錯——在十一月底，而且是跟密特朗同行（密特朗還記得非常清楚，我們在迦立瑪出版社一起聊過威尼斯：「這個夏天我造訪了威尼斯，而我想起了您。」他這麼對我說），一切都是為了將這分榮耀「獻給」S，讓他愛我。然而，我深知愛情跟這些，經常是八竿子打不在一起（所以能夠讓S欣喜若狂的榮顯在我看來實在是滿無聊的）。

S生於五三年四月六日，我的母親於四月七日離開人世，艾瑞克則是四月二日受精成功的。

再次渴望見到他。然而，見面內容擇要來說：他做愛，喝伏特加，高談史達林。與往日跟P交往的時候相較，這是一種迥然不同的關係。每次我們在一起時，我知道某種繃得緊緊的東西會來湊熱鬧，長久下來，將我倆之間的距離愈拉愈遠。今日想得通透，心痛不再有（或者該說是，被壓抑下來了），讓我用更純正的方式看待時間。

我眼中的他：成熟的男人、小腹微凸、雙鬢花白。在他的回憶裡，我會是什麼模樣？

十日星期四

昨天，在依夫多。剛踏進房裡，淚水立刻決堤。我在《一個女人》裡面寫著：「她分派著馬鈴薯，好把我留在這裡，聽人高談闊論柏拉圖。」而在昨天，腦中轉著：「他們過完一生然後死去，好讓我去參加愛麗榭宮的宴會……」故事是永遠沒有完結的。昨天我從阿姨們口中得知，我的母親在安錫的時候邂逅了一位「很好的」先生，她猶豫著是否要再婚。現在，我知道為什麼她會跑去算命了，她想要預知未來——六十五歲的她，或許更大。得知這個消息，我半是喜悅半是困惑。我是她的女兒，這個慾望熾熱的女人的女兒，但是她竟不敢放任慾望熊熊燃燒。我卻不同，我等著S。艾瑞克賴在這裡，直到最後一分鐘，我快受不了了，有他在，我無法讓幻想飛揚、無法苦苦等待。依然焦慮，好怕愛情漸漸冷卻。

晚間。不，感覺還是同樣強烈。我後悔把這篇日記的開頭部分拿給他看。絕對要守口如瓶，千萬不能表現得太在乎，普魯斯特法則。他，他熟知這項法則，本性如此。但是我看到了——半瓶伏特加下肚後，仗著酒意——那分激情是雙方面的。一年後，他得走，毫無疑問。他說：「到時一定會很不好受。」剛開始，我不太明白他話中的含意，不過他加了一句：「我希望妳也會很不好受。」這就是他說他心裡有我的方式。我們做愛，好幾個小時。再次地，他又表現了一點不同，他話變得多了些，一些激情的話敢放膽說出口。他的一舉一動處處洋溢愛意，一如我自己。

十一日星期五

舉凡他過來的夜晚，我總無法入眠，感覺上他的肌膚還貼在我身上，他的男性抽動動作還持續著。今天，我將再一次面臨兩難的抉擇，在與他合而為一和回歸自我當中膠著。整個夜晚的時間區塊當中，往往會有某些時刻的剪影特別清晰。廚房裡，他說：「到時一定會很不好受。」接著他的目光飄進扶手椅，在他離開之前。最後一次，在房間裡，他的溫柔、吐出的激情話語，帶著俄國口音，以及他喃喃的囈語：「妳真棒。」

我這麼寫著：我發現我掉了一片隱形眼鏡，在他的陽具上面找到。（聯想：左拉的夾鼻單片眼鏡掉在女人的乳房上，我則是隱形眼鏡掉在情人的性器上！）

與列寧格勒的那一夜相較，他變了好多，當時的他笨手笨腳。我想現在應該算是狂戀了吧。

十二日星期六

四年前的今日，獲荷諾多獎[2]。我倒比較喜歡今天這樣，沉浸在這分枯等和亙古不滅的慾望橫流之中。我有一股衝動，想要重建蘇聯之旅的情景，如果這段旅程的尾聲沒有S，我肯定永遠也不會這麼做。

九月十八日星期天，晚間。我坐進一輛冰刷失靈，所有電台清一色放送搖滾樂的車裡，從機場一路到羅西亞飯店。天寒地凍的夜。從房間窗戶可以眺望莫斯科瓦河。

十九日星期一，參觀納羅德納文化出版公司；在作家協會開會，午餐；與R. V. P.、瑪麗、亞蘭N在紅場閒逛，取道花園回飯店。腦海重現我們所有人的形影，躑躅這些寂寥無人的地方。出發往提比利西（飛機上S坐在我旁邊，我覺得很煩，因為我想睡覺）。晚間抵達提比利西：十六樓上，他們鑄造了一座Koïba十六世的牢房，真可笑！

二十日星期二。提比利西觀光，懸空的教堂；在飯店吃午餐；博物館；翻譯學校。觀賞電影《唐吉訶德》，S坐在我旁邊。

二十一日星期三。各式會議；修道院，舊都。返回莫斯科，下榻中央委員會飯店。

二十二日星期四。參觀克里姆林宮；馬戲團表演。《人道報》特派員家中晚餐。

2 Renaudot，法國的一項文學獎，每年頒發的時間約莫和龔固爾獎同時。

二十三日星期五。早上在電視前打發；法國使館午膳；會見各式各樣的人；阿貝特街。

二十四日星期六。薩葛斯柯；在博物館午餐；VAAP總部用餐。乘火車往列寧格勒。

二十五日星期天。杜斯妥也夫斯基故居；飯店午餐（S坐在我旁邊）；皇宮；芭蕾舞表演；飯店晚餐，交響樂演奏。

十五日星期二

雙眼一睜開，等待便開始。永遠沒有之後，意思是，生命在他按下門鈴、走進來的那一剎那間凍結。好怕他不能過來，煎熬。見面機會稀少，這點從未獲得改善，也正堆砌出這整個故事的淒美。但是，我不明白我在他心中占有什麼樣的位置。若說「感官上如何如何」，其實根本不具任何意義。無論如何，這仍是最美、最真實、最明白不過的表達方式。

午後四點。腦海浮現十一月的那些美好午後時光，陽光處處。等著S。車子的聲響宣告另一個時間象限的來臨，在那裡，時間停頓，慾望取而代之。

午夜。狂亂的夜晚，他喝多了。十點半，車子發不動，愚蠢、危險的舉動。我哀求他多等一會兒，讓引擎稍微轉動一下。他連站都站不直了，勉強撐著。他想做愛，在玄關，然後轉進廚房。頭朝下，很有意思：男人和女人共同演出了可笑的體操表演，只是為了彰顯愛，讓愛具體呈現，一遍又一遍。慾望愈來愈強。有一次，他說了「我的愛」，可是他沒說過「我愛妳」，就這樣，沒說出口的就等於沒這回事。我好怕他回去時「發生危險」，怕他出了意外。下次一定不可以讓他喝這麼多，如果有下一次的話，舊迷信。我們還位在激情高漲的階段。

十六日星期三

昨天，有點流於下流的味道，一如以往。當我們上樓時，那是最後一次上樓，啤酒的味道酸臭刺鼻，他要求「幫幫我」（讓我達到高潮）。接著，處理完車子的問題之後，在玄關，衣衫不整，背抵著暖氣爐又來了一次，再來轉進廚房。一看就知道他醉了。法文被忘到九霄雲外，他幾乎不再說話，只想要我。

先前，他跟我提過他的童年，聊起西伯利亞，他在那裡從事木材漂送的工作，到處都有野生的熊。他挺贊同反猶太主義，他也不直接明白說出口，他只問：「密特朗不是猶太裔吧？」（！）這跟我無法相信他是在教條主義下開花結果產生的菁英一樣，有效忠教條的義務。

我好怕他從「感官的煉獄」當中醒過來，到目前為止，他對此還相當陌生，但我們卻不顧一切地沉淪當中。（從昨天開始，《性愛寶典》幾乎已經沒什麼用處了。他事先便能猜想出我腦中想像的情景，神奇至極。不過，難不成他先從別處查詢過了嗎？書，色情電影？）

在他身上，教條已融入天性，好比作家哈斯普丁[3]、阿斯塔菲耶夫（Astafiev）所言：「愛情、醇酒，天性也。」

這張痛苦的童稚面孔，散發不可自拔的慾之火，無法熄滅，昨晚這張臉就是他的。而我，我知道，在這種時刻，我的臉也永遠是這樣的一張臉孔。

我剛剛為佛立歐出版社發行的《他們的話，空話》平裝本重新批閱校訂。已經十一年沒有重讀這本書了。我還是那個樣子，一點都沒變，還是那個相信幸福，執著等待因而受盡折磨的女孩。這本書相當口語化，事實上卻比文學評論家所講的還更具深意（關於文字以及真實性等方面）。

十七日星期四

循環再度運轉：悲哀的一天，麻木無神，無力做任何具有原創性的事。枯等時刻再度降臨，慾望、椎心之痛，反正在我們現有關係的維繫型態下，我的喜怒哀樂注定是要跟著他的電話走。而我的創作主題竟是革命。苦啊！我仍然無法得知星期一晚上他是怎麼回去的，而他的太太是否察覺到什麼不對勁之處，最糟的是，他「坦白」了沒有。在此刻，我的人生除了等晚上的下一通電話之外，毫無未來可言。他的死訊於我將如五雷轟頂，我可能永遠無法平復。從昨天開始——尤其是今天早上——我陷入極端的不安當中，因為星期二到星期三的那個夜晚的回程旅途。他真的喝醉了。我焦躁得想打電話到大使館，想當然耳，絕不能這樣做。我是真的墜入情網了。

十八日星期五

夜裡四點半驚醒，心裡想著「他沒打電話」（晚上有時候他會來電）。時間無限地延展開來。原來，從大使館慶祝十月革命的酒會到現在僅僅十五天而已！當時，想到要與他太太碰面，我焦躁不安，結果她卻沒有露面。這當兒，我是如此地激動，如此地煩躁，以至於未來和過去在我眼裡像是好幾光年般遙遠。

他今天晚上「應該」會打電話來：一般而言，電話通常會在距離上一次會面的三

3 Raspoutine，1865-1916，俄國冒險家。

天後響起。但是，「應該」、「間隔時間」的計算，老實說在這裡並不十分靠得住。

十九日星期六

我認真地自問：真的要繼續這樣活下去嗎？枯等，扯心拉肺的痛，渾沌麻木然後慾望，輪番上陣？母親過世時，當時的我行為模式跟現在如出一轍，想替她／他盡點心做點事。現在，只能出門為他買些伏特加，或許也買件緊身迷你裙，「流行的款式」（因為我獲悉他的太太不穿這些）。這是可愛的地獄，儘管如此，地獄還是地獄。我自忖難道他自己不怕我們的關係從星期二以後會產生變化嗎？

二十日星期天

昨晚，七點半，電話響了。一切立即再回到從前，一如往常地：某種祥和、幸福的感覺逐漸蔓延，之後又陷入枯等，等待下一次的幽會、慾望的發洩、意料之內的愛撫舉動。可以想見，心已不在工作上了（關於革命的文章）。

二十二日星期二

今晚，到愛琳家聚餐。他的太太也會來。一場試煉，尤其因為我們在聚會之後不能立刻單獨相見。這種障礙反而增強了慾望，就是為了這唯一的魅力所在，我才能夠出席，周旋眾人之間。昨晚，他打電話給我了，明顯已經喝醉（難道他經常喝醉？在莫斯科的時候我並沒有察覺），努力尋找適切的字眼。二十分鐘後，他又再打來，開口就說：「我也一樣。」好像在回答上一通電話裡我說的某一句話，或許是「我愛你」。他顯然不知所措，放肆地笑著，不過，他終於對我說：「我愛妳。」算是回應我之前的話吧。我深深地陷入情網，這是個美麗的故事。

晚上，難受，真的。晚間從愛琳家回來的路上，我追蹤這分焦躁痛苦的源頭，這分永不退去的哀傷打哪兒來。不是嫉妒。瑪麗亞——S的太太——長相平庸，當然算是「堅韌耐用」那一型，好像我們對一匹布的品評，除此之外無他。但是從下意識的記憶搜尋，可以明瞭她可能承受過的苦難：好久以前，我曾經是「她」，某些夜裡，我的丈夫在外頭和其他女人尋歡作樂，G跟他的情婦。好幾回，S定定地看著我，在那當兒，突然我決定要把一切告訴他太太。我們一起「交談」了好久，跟S、她，還有其他人，像是瑪麗、亞蘭N。個個裝著一張笑臉，事實上，全是一班爛婊子。這才是哀傷的源頭。於是就這樣，我們見了面，其他什麼都沒發生。必須等到星期四了。

她穿著一件長裙，毫無款式可言，還有膚色的褲襪，我則是一條超短迷你裙、黑色褲襪。再也想像不出比我們更能呈現極端對比的女人了，無論是身材、頭髮、眼睛的顏色、體態（她有一點福泰），以至於服裝。賢妻良母跟浪蕩豪放女。

二十三日星期三

現在那個圍繞S身邊的人影盤據腦中，揮之不去（夫婦，這個可憎的字眼），而在此同時，慾望卻摧心扯肺地增長：只要這分關係能維繫，我才是集三千寵愛於一身，真正被渴望的那個人。我能體會出崔斯坦和伊索德[4]兩人之間，熊熊燃燒，但因重重阻礙而被迫雙雙殉情的激情火焰。

二十四日星期四

濃霧，灰濛濛。今天，我好怕他出現倦怠，好怕聖誕節後我們就完了。況且，用電話決定會面日子，會面次數又相當稀少，大不了一個星期見一次面（十月份時一個星期有兩次），這樣的人生既愚蠢又空虛。我這裡說的「空虛」是相對應於外界而言（已經沒有什麼能真正地吸引我），至於情感則是滿溢的。今天是失落的一天：

（1）他遲遲未對我說出期待已久的甜言蜜語。

瑟吉。

（2）那次在法俄友好酒會之後，他就跟大使館的女孩子們離開了，沒有陪我回

還有，我發覺自己這篇關於革命的文章簡直是一無是處。睡覺算了，就是這樣。

我心裡不斷轉著這樣的念頭，厭煩透頂了：「他到底什麼時候才會打電話來？」

二十五日星期五

兩個有趣的舉止：我到教堂奉獻點蠟燭，祈禱我的愛情能開花結果，接著當天下午我到春天百貨，駐足「情趣」用品櫃。我翻閱書籍，人來人往，其中一個男人也在翻閱，還有一個女人，她有意無意地擦過我的身體，我在想，說不定她是個女同性戀。然後我到櫃檯結帳，手上拿著勒魯博士著的《愛撫論》、《男歡女愛》，以及內附七十五張精美圖片、狂賣八十萬冊的《性愛的技巧》。一群女人排在我後頭，我面無表情，售貨員把這些書裝起來。不過我沒用銀行信用卡付帳，免得名字曝光，而且這些書我也不在ＲＥＲ車裡閱讀。我買這些書是為了尋求肉體關係的完美、極致。

4 Tristan et Yseult，中世紀的傳說，主角最後雙雙殉情。

二十七日星期天

這樣算是人過的日子嗎？當然，無庸置疑，這總比空虛好多了。等待電話鈴響，無法確定的呼叫。我沒翻開《性愛的技巧》這本書，怕自己陷入無法確定能夠獲得滿足的慾望酷刑當中：什麼時候我們能夠在一起，跟這些書描寫的一樣？坦白說，我向來只渴望性愛。還有文學。寫作只是為了填補空虛，好讓自己能夠侃侃說出，並勇於承受五八年的過往回憶，墮胎、親情、一切肉體與愛戀糾纏的故事。如果到明天晚上他還沒有來電的話，我想應該可以開始這樣想，故事走到盡頭了，而如果可能的話，進一步試著超越它。

我告訴自己，這個星期，他剛擁有一部簇新的豪華大轎車，而這輛車完全占據了他的心，我會被拋諸腦後是可想而知的。

二十八日星期一

晚間七點半。或許，S最吸引我的地方在於，他的行為舉止之無法理解，以及文化習俗的難以應對融入，連想要把他歸入某某社交圈或某某知識分子階層皆不可得，而這些對一個法國人來說是再自然不過的。

漫長難熬的等待，高燒中的我埋首批改作業，找事情讓自己忙。等著電話鈴響，那邊傳來聲音，快快告訴我：我還存在，還有人想要我。為什麼這一次，我是那麼地確信一切就要結束了，電話再也不會來了呢？亙古不滅的恐懼？

晚間八點四十五分。電話來了。每一回過程總是「命運之神的捉弄」——電話，來自幽冥的徵兆——先是驚恐，然後幸福緊接而來。我拿起話筒，折煞人的恐懼徵兆原來是虛驚一場，同一個命運之神犯下的差錯。是他，約好明天下午四點。狂掃陰霾的幸福，焦躁不安即刻無蹤，今晚，是歡樂的頂點……我不想再批改作業了。原先為了避免胡思亂想，傾注了全部心力批改作業。我想哭，想笑。這位「男性」，這些時候在我心中，如同上帝一般的男人。在淡忘所有、一切幻滅之前，我得去拖地、洗廁所，把環境弄乾淨一點來迎接他。

二十九日星期二

晚間十一點。快四點，我等著他來的時候，深深的恐懼壓頂。再次相見，也就是說，我們又多了一個下午。這些日子日積月累，應該會把我們帶向飽膩，進而情慾缺缺的境地。我從來沒有想過我們之間的依戀會隨著認識時間的拉長而逐漸加深，相反的，是逐步削減終至消亡。

我們做愛，跟在列寧格勒的晚上一樣，美妙。然後在玄關，跟兩個星期前一樣，同樣美妙，不過，已經有「跟……一樣」的感慨了。他穿著一條俄國內褲，那是當然：純白，鬆緊帶的縫線有點綳開，寬大異常（我父親就穿過這樣的內褲！）。

我倦了，相當哀傷，無疑的，那是因為過去我毫無期待（在列寧格勒），而現在我太過於期待一段愛的故事的緣故。

「我不想與妳分離！」他說。是啊，那是當然，不過他又說：「我偶爾，算是經常吧，也跟我太太做愛。」腦中立即轉著：「這話中有話，後座力將極強。」結果，並沒有我生怕的那般強烈。他對我說他從來沒有過法國情婦，難道是謊言？感覺上，他身上找不到曾經欺騙過很多女人的樣子，或許，我是他長久以來的頭一遭。無論如何，他從巴黎趕到瑟吉來，與我共度良宵，差不多每個星期一次以上，或許我低估了他對我的依戀程度。現在，從我們上一次見面算起，不超過四天，他的電話就來了。

十二月

三日星期六

已經超過兩個月了。今晚我從普梅爾店前經過。在拉佛街和普魯旺斯街的轉角處，有一個相貌醜陋的乞丐，張大嘴巴，頭上戴著綳得緊緊的藍色毛線帽似的東西。我繞回去，給了他十法郎，內心祈禱著：希望S今晚會來電。四天了……

十點。為什麼徵兆總是無處不在？非常嘲諷，棒透了：他剛剛打電話來。我想起那位乞丐，高大、可憐、像耶穌般受著苦難，想到我的舉動、今晚的這個電話。我們約好星期四見面。我盤算著在此之前我該做哪些事：與安東．迦立瑪午餐，特別是盧森堡之行，一想到此，懶懶得提不起勁。

追根究柢，這個徵兆——從拉丁區打來的這通電話——實實在在的，到底意味著什麼呢？他想念我？可是怎麼會？再沒有比想像另一個人的慾望、情感更不切實際的事了。然而，這就是美之所在。我日日夜夜夢想著這分完美，卻仍然無法確定自己能夠獲得：成為他的「最後一個女人」，蓋過其餘一切女子，成為他注意的焦點，和他肉體感官範疇裡的「極致唯美的故事」。

六日星期二

今天，我無法見到S，因為與安東．迦立瑪和巴斯卡．李聶[5]有飯局（還有月經也來湊一腳）。悲傷得要死，因為我要去盧森堡了，厭惡至極，要待上兩天。徵兆顯然也有出錯的時候。今天，我在聖拉薩給了一個乞丐錢，許下願望，願他能打電話給

5 Pascal Quignard，著有《羅馬露台》。

我。接著過沒多久，一個耳朵上釘著耳環的嬉皮跳上靠站的火車。再來，那個街頭歌唱藝人！我們身處在一個幾乎可說是帶著美感的，為我們量身打造的乞討世界裡，成為城市、車站，以及遠在鐵路另一頭的魔幻高樓的一部分，法爾塔大樓、沙勒克大廈，高聳入雲。幾個月前的老廣告：「進入挑戰的世界，隆河—普藍克[6]。」說得好聽。

距離上次S來，又過了一個星期的時間。太長了。從那個時候開始我做了哪些事？約略統計了一下，驚訝地發現，竟然參與了這麼多愚蠢又不悅的活動：跟H吃飯、出席蒙特婁青少年讀物大獎頒獎典禮、結束了關於羅布—秦雷[7]的系列課程，再來就是今天的這場飯局。生命裡淨是這些乏味的活動、行為的累積，沉甸甸的，只有在承受壓力的時刻能夠破繭，飛出時間束縛，我不禁一陣惶恐。這世上，我只能忍受兩件事：愛情和寫作，其餘的是一片黑暗。今晚，我兩樣皆無。

八日星期四

我好怕他明天沒辦法過來，因為亞美尼亞發生大地震，大使館一定有忙不完的事。漫長的十天，又或許算不上什麼。今晨，在火車車廂裡，強烈的慾望再度狂烈燃燒，而當見面時刻逐漸逼近，我焦躁得全身幾近冰冷僵硬，好怕會「減弱」：在一起時的幸福減弱，慾望減弱，不似先前。

九日星期五

十點二十五分。是他的車嗎？

焦躁，怕他不來，事先毫無預警。還是焦躁，打從聽見煞車的那一刻起，就怕是他來了。那陣噪音。好怕自己打扮得不夠漂亮，尤其怕自己沒有辦法給他足夠的歡愉。但是如果這些恐懼從我身上溜走了，也就等於我已經不再在乎了。

傍晚六點十分。他十二點五十五分離開，兩人在一起的時間差不多兩個半小時。一股衝動湧上，我想這一次關係淡薄的徵兆會很顯著。不過他沒去參加大使館舉辦的沙卡洛夫[8]研討會，卻跑到瑟吉來。我們做愛，第一回合感覺美妙極了。但是第二回合，先前的感覺沒了。他裝出來的？連他的性愛舉動都難以捉摸。我對他一無所知，俄國於我將永遠是個陌生的國度，跟外交的世界、機器的世界一樣。很明顯的，我總是胡思亂想得太多，或者說自我的個體逐漸模糊，融進一個男人身上。我不知道他到底有多在乎我，還是只是因為我的名氣、我的作家身分，這只會令我想逃。我最大的恐懼，

6 Rhone-Poulenc，法國知名藥廠。
7 Robbe-Grillet，法國作家，1922-2008，「新小說」浪潮大師。
8 Sakharov，1921-1989，蘇聯物理學家，對氫彈的貢獻良多，後來獻身人權運動，獲得一九七五年諾貝爾和平獎。

是他另外還有女人。他曾經迷上了一個西班牙文標題「在成熟女性的臂彎裡」，他指的成熟女性當然是我。又要如何才能知道他並不喜歡哪些東西？例如，我邀請馬侃寧（俄國作家）來晚餐；又好比我倆在一起時，S.A.打電話來。

該如何闡釋：對「在成熟女性的臂彎裡」這標題的興趣（他說成「熟的」）？也好怕必須承認他對這類女人有渴望。

「聖誕節妳會出門嗎？」＝「妳出門的話比較好，我就不需要被迫跑來看妳了。」還是「如果妳能留在這裡就太好了」？

也有可能，這些話對他根本沒有意義，只是為了找話說而已……

同樣地，沙卡洛夫研討會的缺席，也許是出於深思熟慮，或基於政治考量，在他本身自詡為「正統教條信徒」的背景下，抵制一個反對人士。

我重讀了上星期六所寫的東西，六天，平淡無奇，卻像是一輩子。激情充塞周遭，我快被塞爆了。

十一日星期天

灰濛濛。思緒飄到六三年十二月時節，我懷孕了，想要墮胎。大學宿舍裡，完完全全地無依無靠。當時有股昏昏欲睡的慾望，那個午後時分（跟八四年在P的家裡一模一樣）。那股睡意（倒不如說是對生活的麻木與遲鈍）直逼地鐵長椅上躺著沉睡的流浪漢。無疑地，和S在一起，我永遠睡不著。唯一的一次，在列寧格勒，我還能做到，不過當時我反倒沒有多大睡意。八五年的時候也一樣，同樣灰濛濛的天，同樣的空洞，同樣的慾求沒有獲得滿足。此刻，我什麼都寫不出來，好痛苦。作業、講義、心情故事、出遊、酒會，都是虛無。我停止追尋真相，反正我也寫不出來，兩者界線混淆。而且，我非常需要肉體的撫慰，就是這話，換言之，並非意謂著被我在乎的人仰慕。我最在乎的是，擁有並給予歡愉，也就是情慾，真實的情色，不僅僅存乎想像、看電視或真槍實彈演出的色情電影而已。

夜晚。我重新讀了另一本筆記簿的結尾部分，與S之間的故事一覽無遺地展開，而我竟開始計算時間了，我哭了。真正的美只存在故事的開頭。然而，索堡公園的一幕也不壞，十月在小套房的情節也不差。這麼說來，有什麼好哭呢？

星期二在家中舉辦蘇聯之夜的活動，我不希望他來，太難了。我愛他（＝我需要他），我不確定他愛我。老掉牙的情節。

十三日星期二

他沒有出席我家的晚宴，無疑地這樣比較好。我不確定這份邀請函是否是個好主意。總之，結束了。我想我怕接待他，我生活在一種無休止的焦慮當中，怕把一切搞砸了（今天，砸了一半）。我的裙子沾染油污，一堆如山高的碗盤要洗要整。我瘋狂地想見S，愈快愈好，好像其他人的出現把我心中的空洞掘得更深。

十四日星期三

今天他應該會給我電話。他沒打，這是頭一回（不過下午六點到晚上八點之間我不在家）。或許，倒數計時的時刻已經開始。一切顯得如此地黑暗，我好想留在家裡，外面的世界讓我感到厭惡。只有留在這間房子裡，生活才比較沒那般艱辛。何況這裡有電話，也就是說有希望。外面，沒有出路，我是個眼淚已到了決堤邊緣的女人。塔西安娜・托爾斯塔依雅（Tatiana Tolstaïa）和她筆下的「不朽」，那是她的表達方式，一如娜塔莉・莎羅特[9]所言：「我是作家，也是公民，兩者互不牽絆……」但是從她那裡，我真正學到的只有這個：「俄國式」手勢，當著人的面前搖手示意否定／嘲弄，以及S臉上偶爾看得到的一種無法定義的表情。我不喜歡她談及祖國時那種語帶嘲鄙的樣子：「蘇聯對一個作家來說真是天大的禮物。」（嘲諷意味多濃啊，真可怕。）

十五日星期四

仍然，音訊杳然。我覺得糟透了，絞盡腦汁搜尋著類似的過往記憶，於是五八年、六三年的時光倒轉，源源不絕。知否只要一通電話（喔，此話一點都不假）就能讓我重新找到人生的滋味？假如將來有一天，有人讀這本日記，他們將印證「安妮．艾諾作品裡處處藏著精神錯亂的影子」這話的確不假，而且不僅僅是作品而已，生活當中更見其錯亂。我和男人之間的關係循著某種鐵一般的法則：

（1）一開始冷漠以對，甚至厭惡；

（2）肉體接觸引發或多或少的「火花」；

（3）幸福的關係，相當自制，這中間甚至夾雜著煩惱的過渡時期；

（4）痛苦，無盡的思念；

於是關鍵時刻出現——我目前所處的階段——痛苦醞釀完全發酵，以至於連當下的幸福在我眼裡都只是未來的痛苦，不斷滋長的痛苦。

（5）最後的階段是分手，走不到最最完美的境界：淡然。

晚上八點四十五分。非常難熬，跟四年前的 P 相比，我想，有過之而無不及。情

9 Nathalie Sarraute，1900-1999，生於蘇俄，法國文學家，是新小說的先驅。

況很清楚，如果他今晚沒有打電話來（照理說，他昨天應該來電的），我們就完了。而原因，自然地——我們永遠無法確切地知道原因何在，要不然就要等到許久之後——我一無所知。只希望今晚眼淚能夠稍有節制，此外我別無所求。文學創作的痛苦方式截然不同，儘管同樣難熬。這邊，是摧心拉肺、排外封鎖、想死。十八歲的我以暴飲暴食尋求補償。四十八歲的我明白了，根本沒有補償之道。寫一本用「我曾經愛過一個男人」起頭的一本書，或者乾脆用「我還深愛著一個男人」。當我想到他，腦中浮現的是昂然挺立的陽具、他的情慾。就是這樣，我就是該這麼講。

九點四十五分。他的電話終究還是來了，我卻高興不起來（痛苦的循環果真啟動了）。我們約好星期二見面，也就是說五天之後。這意味著他不需要更常與我相見。或許他身邊另有其人，雖然他的內褲令人不敢恭維。抑或我是個值得尊敬的女士，只可遠觀不可近玩。不過也千萬不能讓她溜走，絕對不行。我很明白。儘管如此，我還是苦等著，總比什麼都沒有好。

十六日星期五

晦暗的早晨，一整天無所事事地賴活著。天仍舊漆黑。幾千幾百個像今天這樣的早晨，過去了，而眼前仍有。我心裡想著 S，試圖振作，結果反而更糟。不，也不是那麼糟。

二十日星期二

他從來不通知確切的到達時刻，連一通電話也沒有。從我們約好相會的星期四晚上到現在，我可能死了，或者病了。無法通知到他。地下情人。對於再次見到他的這種恐懼、這種驚駭，揮之不去（每每令我腹痛如絞）。而事實上，整個晚上，我心中除了情慾之外別無他念，虎狼般的慾望。過往的車輛……每一次於我都像慘遭狼吻的處女般，一遍又一遍的驚恐徬徨。

十點四十分。他不來了嗎？

還是我倆關係開始逐漸轉淡了呢？天氣晴朗燦爛，像十一月。十一月已不再，然而

下午三點半。我剛剛寫下「然而」，他就來了。是好天氣的緣故？美妙的幽會。他帶了禮物來，還允諾送我一幀照片。於是我認為他還是有點愛我的，以他獨特的方式，「金」屋藏嬌，不過或許沒有我想的這麼好。還有難捨難分的情慾，帶點瘋狂。無法得悉我在他心中的地位，不確定感比跟P在一起時更強烈，同時也因此更顯刺激。他有輛「漂亮的車」，就講究社交排場這方面，他們有一些共同點，沒錯，跟我的前夫一樣。

我倦極了。能讓他盡情享受快感，讓他覺得快樂，我說不出有多幸福。當他感受到我嘴巴帶來的歡愉時，他問：「妳在做什麼？」濃濃的俄國口音。永難忘懷。但就其他角度來看，我太過忘情，自甘墮落，揮霍無度，毫不顧慮自己的體力、自己的生命。

二十一日星期三

如何才能得知他接到我的禮物有什麼反應？就價錢而言，像極了老情婦送給牛郎的禮物。今天，我為歌劇院地鐵站的悽慘景象，掏出了十法郎，那個女人雙手雙腳十指不全、扭曲變形，癱靠牆邊少說也有一年了。印證徵兆之說：不過，他昨天來過，今天怎麼會打電話來呢？這就是他的「藉口」。我的情慾期待投射到乞丐身上，他們於是肩負起代為向命運之神請命的重責大任……想像不敵現實。

二十二日星期四

今夜，送一個男人大禮之後，突發奇想，或許他的眼裡只有我的屁股，比另一個屁眼稍稍知恩圖報些（儘管在黑暗中，我仍奮力推動不懈）。問題仍然懸在那裡：我對……（他，她）而言，算什麼？「赫谷芭對他而言算什麼，而他對赫谷芭[10]呢？」（《哈姆雷特》）

晚間。要是他打算散了呢？十一月二十九日他親口向我表達了相反的意圖（一個月，好久了……），這又怎樣呢？今晚，我腦中浮現一種可能性，下個星期整整七天內他都不能來。到時候，要鼓起勇氣，勇敢地面對一切，面對分手，還要保持優雅，送他離別禮物。

每個晚上陰沉晦暗，我真的太依賴了，任電話操縱。最晚（也就是說，根據以往經驗提供的標準）到星期六晚上，或星期天晚上，電話就該來了。超過這個期限，快刀斬亂麻。

二十四日星期六

早晨跟復活節那晚，或「鐘樓怪人舞廳」的那個晚上一樣的悽慘黑暗。我正經歷著菲力普之後——已經二十五年了——最錯亂的人生故事。筆不離手地在這本筆記簿上不停地寫著，當年振筆疾書有關老母親臥病一節的情景彷彿再現。最少，只要此舉能帶給我些許助益就好了。昨天晚上，我肯定他已經受夠我了，一月以前的這段時間

10 Hercuba，希臘神話裡特洛伊國王之妻。

內，他不會給我電話了。這念頭到今天早上還殘留不去。

一點鐘，一張祝福卡片，冷淡的，當作一個徵兆來看：「衷心的祝福」，還有他的簽名。三思之後，這其實不具任何意義，官方賀卡一張。從另一個層次來看，也就是以分手的徵兆觀之，而我整個人墮入這種恐懼分手的情緒當中已達兩個星期之久，等於在宣告我倆以往的關係將被這衷心的關係取代。

二十五日星期天

八點到十點的這段時間裡，一片黑暗，他沒來電，我苦苦地守候。好了。這種時刻，根本不想再讓它出現生命裡，一如普魯斯特只要意志堅強一些，便能毫不費力地脫離苦痛，穿破紙糊的圓圈圈，到達另一邊，我將得到解脫。

二十六日星期一

幾乎沒變。等待：十六歲（一月、二月，等著G. de V.有所表示）；十八歲（更慘，對象是C. G.）；二十二歲，是菲力普，在羅馬；幾年前是P。這回，離我自行設定的期限已經超過一天了。但是，我心裡默唸著今晚他若來電，情況還是在可以接受的範圍之內，因為要扣掉聖誕節假日。再超過這個……一點沒變：同樣一股想懷孕的衝動，儘管如此，尚未採取具體措施付諸實踐（但是，我想這個月停吃避孕藥）。

只要少許的自信，我便能做出如是瘋狂的舉動。

十點四十五分。電話響了，但是他不知道何時能來。「我會試著在這個星期過去一趟。」「我會試著」向來是當我們沒有慾望的時候，出口的搪塞之詞。我的痛苦只獲得稍許的舒緩，心情稍許平靜。

二十七日星期二

想當然耳（儘管如此，我還是呆呆等著），他沒照先前說好的「明天，或後大」打電話來。眼淚即將奪眶，噁心欲吐。再加上，一直沒有獨處的機會，艾瑞克老是賴著不走。心中盤算著 S 可能會來的日子。不必趕過來，他一定很高興。我再也不知該怎麼想了，或者乾脆這麼想：我根本一點都不在乎 S，但是今晚我肩上壓著好幾噸重的不真實感和厭惡。睡啊，睡呀。

二十八日星期三

我並沒有真的睡著，我陷入恐懼之中：哭泣，確信已經被溫柔地拋棄了——夢見前夫想要跟我做愛，真是一場煎熬，S的影像糾纏著我。「人生中被高牆封閉的部分，靠智慧穿透，撥雲見日。」普魯斯特如是說。夜裡，不見智慧，唯有卡在矛盾、痛苦泥淖中的人生，看不到出路，「紙糊的圓圈圈」原來是片堅實的水泥板。六年來，印象中，我不曾經歷過類似今晚的夜。我與菲力普分手六年了。在這方面，我依然故我，期望要斷就要斷得乾淨徹底。三個月。

五八年跟C.G.的那一段完結後，我對自己做出的瘋狂舉動感到驚訝莫名，那是嗜食的、沮喪的兩個年頭，一切都是為了男人的緣故。我深知這個正是激發我寫作靈感的泉源：感情夙願一再落空，無休無止。

有那麼一段時間，人在故事裡頭盡情奔跑，前方一片美景，一片希望。又有那麼一個時候，一切跌回過去，前方只是一再重演的歷史，每況愈下。我把十一月份定位成這段界定的時間，不過，略顯籠統模糊。十二月份應該是比較明確的說法，我邀請馬侃寧作客的時候。十月和十一月，極其美好的兩個月，何況還有和煦陽光。十二月，陰暗非常。寫這些幹什麼呢，難道是為了逼迫未來重新灑滿陽光？跟同一個男人，可能性恐怕微乎其微。

今天下午，我在房間裡，睡了一個小時（一般說來，這是極度孤獨無依的徵兆）。醒來的時候，差一點打破一盞床頭燈。

我是個貪心的女人，老實說，這是唯一稱得上大致正確的形容詞，用來形容我這個人。

二十九日星期四

十點半。我關了燈。鈴聲驟響，電話的另一頭毫無聲息，來回三次。十分鐘後：「星期五上午十點。」我高興得哭了，這輩子還是頭一回。因而我知道，對我來說，最慘的就是這種剪不斷理還亂的糾纏關係，跟菲力普在羅馬的時候一樣，找不到檯面上的出路。不過，幸好，因為很自然的，我可能會掉進陷阱裡，婚姻之類的。

三十日星期五

我的腦筋一片空白。此時此刻，他沒有完全撇下我，我還十分確定他喜歡跟我在一起。我擔心起禮物來了，太貴重了。一分甜蜜的回憶：「這些花代表什麼意思？」他問，床邊擺著報春花。明顯地他在吃醋，因為我曾經教他，在法國每種花都有一種象徵意義。嫉妒一向被用來當做愛的證明。我為他解了惑，然後到庭院摘了一些報春花送給他。

今天，他跪倒在我的下體前面，跟我一樣。羅衫輕解，浪漫美妙，一來一往。真的，他真漂亮，「拂過心頭的微風」，D. L.這麼形容他——D. L.不知道他的真實身分——D. L.滿腦子巴黎人的傲慢觀點，對一切萬念俱灰，我厭惡的一型。

電視傳來阿茲那夫（Aznavour）那首我已遺忘的歌：「活著，我要跟你共同活著。」我十六歲，我一直停留在十六歲。那時候的回憶排山倒海而來，那分瘋狂的愛。跟S在一起，好像年輕歲月所有未完成或是有缺憾的愛情全都一一成真：G. de V.、皮耶D，曾經傷透我的心的每一個人，而現在我明白了，他們只能這麼做。現在，我了解我無法「與你共同活著」，這終將只能是一場夢、一段刻骨銘心的痛。

這個下午，整個人沉湎在這樣的念頭裡：「我好比安娜．卡列尼娜。」瘋狂地愛上了沃羅斯基（Vronski）的安娜。好怕。

三十一日星期六

今晚，密特朗向全民祝福，講稿依舊不脫左派色彩；最後，破天荒頭一次，竟唱起〈馬賽曲〉[11]了。全身微微顫抖，就我而言，這是情緒沸騰的徵兆。〈馬賽曲〉！

父親為我唱過，大戰結束時，那是自由之歌。八九年！這曲子對我有「特殊意義」，我是站在革命派陣營這邊的，向來都是。「你們聽見我們的（這片）家園裡／殘暴士兵的怒吼（！）？／他們前進，往我們懷裡衝／戮殺我們的子弟，血洗我們的家園／拿起武器，人民！」熱血如此澎湃，氣勢如是磅礴，然而這些歌詞並不重要，是音樂本身使然，還有那「拿起武器，人民！」的登高一呼。

八八年，是全球洋溢滿足之情，媒體又太過渲染的一年。嚴格說來，我們什麼都沒做。美妙的時刻，威尼斯、蘇聯，當然少不了這個仍在進行中的「故事」，始自九月底，精確地說應該是九月二十五日，換季迎冬的日子。故事裡有了一個秋天，還會有什麼季節？

無庸置疑的，客觀而言，關於性愛的動作等其他種種，不論是否真心相愛，其實是沒什麼差別的。

11 法國國歌。

1989年

我整個人蜷成一團縮在被單裡，
腦中想像著昨天同樣躺在這張床上的他的身體、臉孔。
濃得化不開的柔情。
他表現出一種極其自然的禮貌和善（或許是冷漠），
我看見他，感覺到他與以往不同，
一種若即若離的愛意油然而生……

一月

一日星期天

開年元旦，孤單，完完全全地。這種情況已經好久不曾發生了。六四年的時候，我自亞維儂出發回大學宿舍，一個人在八米見方的空間內待了一整天。不過，今天下午，艾瑞克和他的女朋友會過來。無論如何，我並不覺得悲傷。昨晚作了夢：我手持長柄鐮刀沿著一畝田地走著，當時男人們，年輕男子，正在工作。他們向我要手中的鐮刀，我不願意給他們。那畝田，是在依夫多，這片我生平第一次墜入情網的地方，當時我十三歲。有個人，一個老工人，他說他每個月賺兩萬法郎，因此我心想，相較於老師的薪水，勞力工作賺的錢還真不少。後來，艾瑞克出現了（因為擔憂他的前途？），還有一個主教，我們在等他，他來了，然後，我肆無忌憚地插手接下來的事。晦暗難解，或許，除了鐮刀的象徵意義之外：害怕衰老。不過，再怎麼說，我今年還沒踏入五十歲的關卡。

我或許會，如同我平時常做的，寫信給S——他來的時候手上拿著那封信，我於是受罰禁止通郵，還禁接電話！可能會是一篇美麗的小說——儘管明知自己只能在牆上塗鴉。對於我寫給他的東西，他從來沒有表現出任何看得出來的反應，除了這些指示之外：「下一次，不要敲門直接進來之類的……」他照令行事。打從一開始，還在列寧格勒的時候，在黑暗中做愛代表著什麼呢？還有他也總是閉著雙眼。除了當我用嘴巴親吻他的陽具的時候，他會挺直身體看我做，如果我抬起頭，他立即別過臉。是羞恥、壓抑？

三日星期二

早上想像的情節：今晚，或明天，電話會來，告訴我一切結束了。這個時刻，我是如此地堅信不移，所以我的心彷彿懸在喉頭般緊繃，是可以理解的。一切可能的理由：耐性磨光——相見是如此困難——怕自己表現得太黏人（比如說，禮物價值太昂貴，他覺得忐忑不安）。腦中轉的都是這些，因為我上一次在信中請他把心中真正想要的東西說出來。他可能「抓住這個機會」，一如《宿命論者雅克和他的主人》[12]裡拉寶梅蕾夫人的際遇。

我終其一生努力地想脫離對男人的情慾泥淖，換言之，即我自身的情慾泥淖。六三年間，我反覆背誦《聖經》裡的話：「我將讓平靜如河流，川川不息流過她。」絲毫沒有察覺出這番話指的是我的情慾，精液如河流，川川不息流過我。

四日星期三

今晚，結束的念頭還在，電話沒來。我試圖振作，別再像之前那個星期二那般的沉淪。然而，難熬啊！換言之，我總覺得我的預想成真了，——一月底察覺出疲態，現在是如此明顯，我若堅信他對我還有依戀那才真是瘋了。自我解嘲：我跟那個六個月來不斷寄情書給我的女孩有什麼不同，那些情書我拆都沒拆開。我還不是一樣，淨寫情書給根本不愛我的人。但是，為什麼苛求愛情？他沒有給我任何承諾，而我自己的要求僅止於那分美而已。一切結束了，美也不存在了。

五日星期四

午後四點十分。早上，他打電話來。幾分鐘後就過來。同樣的恐慌，毫無來由的，腦筋一片空白的呆候。匆促交代完課程後，回程路上，我對自己說，我大可去刮一輛車，不停腳地快步離去，不帶任何罪惡感。罪惡感能幹什麼？對一個缺乏激情、太過空虛的生命能起什麼作用？什麼才是真的？激情還是罪惡感？

傍晚五點鐘。他還沒來，我想他八成不再來了。快四點的時候，我把電話拿起來

12 Jacques le fataliste，狄德羅（Diderot）的小說。

了，免得我們受到打攪。或許他想過要通知我。

十點半。我沒聽見他到達的聲音，他輕手輕腳地進門。我之前幻想的一切難道全都是錯的？他渴望著我，高興能與我相會，我們做愛，完美地契合。不過，傍晚將盡的時刻，這一次他又喝多了，喝的是威士忌。他忘情地高喊，這是第一次（嗯，算呻吟得很大聲吧）。就在我倆相偎，盡情做愛的當兒，我敢說他絕沒有其他女人，他在乎我，非常非常在乎。後來，隨著日子一天天過去，這分堅定消失無蹤。我的思考推理模式完全依循著考試法則，離通過考試的日子愈久，成績愈糟，多半要面臨被當的命運。

我要走出這分倦意，永遠不要再被這分疲憊淹沒……思緒遠颺，腦中只餘一些動作，S身體的輪廓。浴室（肛交，他明白的要求），房間，然後重返浴室。穿衣服時，他花了好大一番功夫——他真的醉了——而且還一一指出每一件衣服的牌子，羅迪耶、皮爾卡登（那條皮帶我隨手一解就鬆開了！），甚至連鞋子也沒忘記。如此品味出眾的打扮，跟我一樣，只不過他是屬於歐洲的另一邊。他對自己的打火機極其自豪，都彭，與我之前所想的大相逕庭，不過，我原本也猜想得到，其實，我早「知道了」，否則我不會送他這份禮物。他太太會相信他編造的謊言嗎？

他不知道如何鬆開吊襪帶。

六日星期五

我能體會這種往心愛的人身上堆滿禮物的慾望，以便對外昭告你的所有權（普魯斯特，《女囚》（La prisonnière））。明明知道這些無法幫我綁住你，因為你只是感到自豪而已（自豪能激起我對你產生如此深厚的愛），這一切強化了他的自戀性格，自戀的部分壓制了願意付出的那一部分。後者沒有那麼自戀。總之，我愛他，用我空洞的生命的全部。

八日星期天

情慾怎麼會再三復燃，終至無法擺脫、念念在茲？與他共度一整晚，是我目前唯一的人生目標，為了達成目標，我想我願意做任何的犧牲。倫敦的研討會，這機會跳到眼前。

我還無法在對S的兩種看法中間做出定論：年輕英俊的花心大蘿蔔，與一個在文化知識水平上高過他的女人在一起，有點善妒的女人（＝我丈夫和我的翻版）；相當羞怯的大男孩，生怕傷害了他的妻子，因此只有極少的外遇經驗。他對愛情的觀感，某種程度上表現出來的青澀稚嫩，讓我偏向第二種想法。但是我永遠無法確知，除非透過外界的人證，不過，要在這裡認識這樣的人證比起其他地方（俄國人的圈子）要困難得多了。

九日星期一

漫長的等待，更何況有種預感，這個星期，他找不出任何餘暇來我這裡（VAAP的主席來法訪問）。我把這些細節記下來，無非是為了方便日後回憶，確定一切事項，不過或許並非那麼單純：從小到大，我總是在他人面前，成天說著自己。我可以寄望他在星期三打電話來，這是最好的情況（現在的會面間隔變成六天）。

我的處女作原本命名為《樹》（L'arbre），明顯的陽具崇拜象徵。還有因為達里歐・莫雷諾（Dario Moreno）的那首歌，五八年間我百聽不厭，〈一個愛的故事〉：「一株擎天巨木／充滿力量與溫柔／衝向逼近的白晝。」唯有我能清楚剖析我的人生，不是評論家。樹，無法擺脫的夢魘。

疑慮再興，覺得他有好幾個情婦。其實，我不在乎從他身上染上愛滋。總之，這個時刻，在我眼裡，其他人都不存在，我眼中看不見任何一個別的男人。更何況，避孕藥吃完了：慘劇再現？六四年時胎死腹中的慘劇？四十八歲了，懷孕的機率應該不大。

腦中不斷地轉著各種幻想情節（做愛的地點、如何進行之類的），軀殼枯等著，卻不知道他會不會來。這不幸的深淵——介於幻想、情慾和真實之間——真是人間煉獄。

十日星期二

十點鐘。今晚有電話的希望微乎其微。聽見努加洛（Nougaro）唱的〈賽西莉，我的女兒〉，是我懷艾瑞克時常聽的一首歌，二十四歲。我厭惡透頂那個時候、那個銷聲匿跡的我，不過我已經看開了，反正我比較喜歡現在的我。但是，這個我，和其他人，被層層包裹在當下的一切裡，就像幾百萬隻一個包一個的俄羅斯娃娃一樣。在藥品雜貨舖裡，被一個流浪漢大聲辱罵，他想要買燃燒用酒精（買來當酒喝）：「狗娘養的，婊子！」連珠砲似地，像發了瘋。詛咒我「遭割喉、活活被煮成肉醬」痛苦而死。感覺非常不舒服。婊子……

當然，明天「星期四大事件」的雞尾酒會不去了，反正，在這段時間內，他有可能打電話過來。

晚上十一點。電話來了，他也許能撥空來一趟。他不知道什麼時候……他那低沉的嗓音，夾帶著一口俄國腔調，慢慢地、清晰完整地發出是的這個字眼，在今晚那聲音顯得益發低沉。我決定出席雞委（尾）酒會（老天，這個字我老寫不對，現實情況裡我也極少參與這種場合），反正電話已經接到了。

十二日星期四

我應該留在家裡準備巴比肯學院的研討會，別去參加雞尾酒會才對。一無是處。一幫子巴黎人，出席的記者人數比作家來得多〔而且來的作家老是同一批人，索爾斯（Sollers）、畢庸西歐（Bianciotte）之類〕。今夜夢見一間教堂，我想進去。地下墓室只能攀著一條繩梯下去，這於我猶如不可能的任務。教堂中殿和唱詩台在整修，經過短暫的猶豫，我進去了。祭台上有一隻黑猩猩，牠霍然起立竟變成了一隻熊。我走出教堂，牠跟著我，變得愈來愈眷戀我，但是，我把牠視為潛藏的危險。雖然我苦苦哀求，卻沒有人挺身出面幫我擺脫牠。最後，我終於擺脫掉牠了。據說熊是俄國的象徵，不過當時我並不知道。儘管如此，熊跟S還是有點關係的，他在西伯利亞從事木材漂送工作的時候，曾經碰見過一些熊。S與蓋有幾分神似，同樣的一頭金髮〔同樣高大、眼眶深邃，但他的眸子是藍綠色的〕，還有路易斯的嘴巴。我必須工作。但是，等候、幻夢破滅的煎熬——這兩天可能無法見到他——徹底擊垮了我。

下午六點。這篇研討會論文簡直讀不下去了，因為S明天過來的機會愈來愈渺茫：工作上看不到令人滿意的成果，白忙一場。闡述各個文化之間的角力機制讓我疲憊到了極點，我能從中獲得的「榮耀」比不上跟S相會一小時。自從上回見面之後，已經又過了一個星期。我的未來除了下次幽會的時間之外無他。當日期未能確定之時，未來是絕對的空白。

十三日星期五

果真，如星座運勢所言，金星落在我的象限裡，完全看不出來。我夢見我有一個孩子，我將他攬在懷中，帶到栗樹園給所有的親戚朋友看。接著，我把他放在一張桌子上，才不過幾秒鐘的時間，驚聲尖叫，我發現他頸骨折斷，而那小小軀體比一隻手還小。我知道他快死了。寫到這裡，我哭了，我知道我「再度歷經」了墮胎的片段，又一次沐浴難以忍受的煎熬。

九點。趕著弄完這篇噩夢重重的研討會論文，疼痛欲裂的這顆腦袋瓜會在幾點鐘爆開？十點，答案非常肯定，也就是說，到了他已經不可能打電話給我，告訴我今天會過來的那個時候。

午後三點半。我沒料到，活在這段沒有後路的故事裡會是如此地難受。我把這篇（三流的）論辯文章謄清。我不知道何時能再見到他，然而我現在，今天就想見他，我對他的渴望驚人，一想起便想嚎啕大哭。為什麼星期二那天，他要給我這線希望呢？第一次說謊。

我能體會，人偶爾會有不想活的念頭。「黑色星期五」，我已經不記得是哪部片。接下來是為期兩天的倫敦行，換句話說，不可能接到電話。到頭來，真正難受的，不是他返回莫斯科，而是知道他人還在巴黎。

十六日星期一

倫敦。我是昨天回到肯佛大道二十一日的。先搭乘地鐵，到托特漢法院路，車廂座椅還是布面的，不過全都又髒又破。我在東芬之里站下車，車站在大道上空的天橋上，我已經忘了它。我坐上公車，像以前一樣地詢問到葛蘭維爾路要坐到哪一站下車，但是公車司機並不知道這條路。不過，到了那裡，他還是停了車。我看見右邊，是游泳池，也被我給忘了。波特迺一家的房子已經改建，看起來顯得更方便舒適，入口處是間廚房。房子彷彿「喪失了格調」，街道也一樣，在我看來，少了當時的那股高級住宅的氣派、華麗（別忘了，我來自依夫多）。白色，反而流於制式，枯燥乏味，這將會是多麼可怕啊！默默無名，坐落在此。接著是教堂——基督教教堂，就極具自我風格，搭配著門前的長椅。此外，除了這間伍爾沃斯外，店家幾乎全是新的。電影院不見了，菸酒舖沒了（以前那間店名叫做兔子）；而那老是擠滿了六〇年代的頹廢年輕人，圍著自動電唱機的小咖啡店，跟那個在喧嘩鼓譟當中清洗杯盤的戴眼鏡女人已不知去向。她只存在於我描寫六二至六三年間、尚未付梓的書裡。除了街道的外觀之外，大道上，PUB改裝變成燒烤店，全都變了樣，尤其是百貨公司，他們是最善變的一群，外觀不時地更換（所以，經濟考量總是高於一切？）。我搭回程地鐵到林邊公園，它倒還是保留了舊時的面貌。走在這條路上，我納悶著，六〇年八月開始提筆寫下「馬群在海邊跳舞」的地點是否就是鄰近的公園。接下來，一個女孩從床上起來發現旁邊躺著一個人（跳脫不出的故事窠臼，一百零一套情節）。那些馬個個放慢步伐，彷彿膠著在自己的舞蹈中，彌漫著一股做完愛後的沉乏黏膩。我記得非常清楚……

昨天的小鎮漫遊顯得不太真實。唯一永遠不變的真實停滯在我腦海，六〇至六一年間的印象，都被收錄在《五點的紅霞》中（Du soleil à cinq heures）（= 我前夫的話：「五點的血紅」）。參與討論的所有人士一窩蜂往博物館裡鑽，而我去了北芬之里，重溫往日情懷。我沒那麼有文化素養，對我而言，最重要的莫過於，抓住生命、把握時間、領悟人生，然後盡情做愛。

S沒打電話來，離上次通話即將屆滿六天了，而離我倆上一次見面更將滿十二天。這兩天我不在，他好像也沒打來。回到這裡，在這個他趕來相會的地點，煎熬接踵而至。

十七日星期二

十點二十分。他待會兒要來。今晚，我認為這段故事裡只有一個快樂的篇章，我倆認識之前的那個晚上。（這是誰的詩？「他臨死前的那一夜／是他一生中最美的一夜」，阿波里奈爾[13]？（艾呂雅）[14]」。我無法解釋我對S的這分渴望，聽見他車子引擎轟隆而至時的那種恐慌，沉淪的感覺，美妙地沉淪。

午後兩點半。他顯得比平時更心事重重，好像累了，不過，一如往常的激情熱烈。看不透：為什麼貿然關上大門，轉身離開？急著走，或是心情激動？沒有半句甜言蜜語，然而，他在床上的動作又是多麼的柔情愛意。（現在，他知道該如何鬆開吊襪帶了。我把這點記錄下來的原因在於，往後，這個細節具有相當的關鍵性。）兩小時做兩次愛，一如往常。他將離開一個星期，回來的時候我正好要出發前往西德。

我重讀這兩段，同樣的字跡，一氣呵成，一貫的潦草蠅細墨黑小字。兩段敘述的中間，有一段間隔時間，這時間裡，是天地間唯對方矣，唯有他，唯有那情慾，慾望的深淵。字跡是如何表現出這些？卻永遠無法道盡心中事。反正，他不在的日子，我一無所有。

十九日星期四

環球書店裡，人來人往，說的竟是俄語，而突然間，我醒悟了，一切都是想像，S和我，我倆相差十萬八千里，我們只是在列寧格勒相遇了，只是一段愛慾故事。不對，這分渴望真真切切地存在。一月底前可能無法再見到他。也許三十一日有希望？心想，或許應該利用這段時間，努力地忘掉他。好像膀胱發炎，跟十月和十一月時一樣，非常痛（當然，他脫不了關係）。

二十二日星期天

晚間。再一次地，整個下午一事無成。在RER地鐵車廂裡，有一個男孩一路盯著我看。說真格地，我到底哪一點吸引人？不過，S毫無音訊。他現在打電話來有什麼用，反正他過來純粹是為了幹那檔事。「音訊」對他而言是陌生的字眼。沃羅斯基的翻版，更糟的是，一個在馬克斯—列寧主義成長的沃羅斯基，他接受共產主義青年團的洗禮，加入共產黨。徹頭徹尾的實用主義信徒。但是，一想到他光滑的軀體、雪白的肌膚和面孔，渴望的淚水每每簌簌而下。

今晨，在歐柏地鐵站，往巴拉德方向的月台上，有個男人坐在台階上，頭埋進雙手裡，只看得到一頭灰白頭髮，一個罐頭蓋子裡散放十分、五分的小硬幣。我放了十法郎給他，用力地許願，希望S能從南部打電話給我。在那當兒，他人應該是在安得烈的家中。然而，許願對「這個」——這個我無法掌握的情況——能起什麼作用？就算施捨給全世界又如何……

13 Apollinaire，1880-1918，法國作家，詩人。
14 Eluard，1895-1952，法國詩人。

二十三日星期一

夢見母親的棺槨，我想在上面蓋滿鮮花（這個簡要的描述無法完全呈現夢境——敘述夢境之難，難於上青天，夢與文字向來是死對頭——唯有真實的字跡能夠表達一二）。她剛剛辭世，我知道有一天我也會躺在那裡。

這本日記需要分成兩個欄位。一欄用來保存當下的文字記錄，另一欄預備在幾個星期後用來演繹箇中涵義。這個欄位要大，因為我可能有好幾種不同的闡釋。

二十四日星期二

重讀這篇日記（最後的幾頁），仍是痛。萬一，他從我對他說過，我與P分手時他人在紐約一事得到靈感，也對我來這一招怎麼辦？那一天他倉皇離去的樣子，多少帶著慧劍斬情絲的意味，儘管心意已決，不免流露出淡淡離緒。我好怕從西德返國後，流連俄國——美女作家圈的日子會非常難過。星期六晚上假如電話沒響，將是大凶之兆。我再度有罹患膀胱炎之假想，刺刺的痛，真是雪上加霜。

二十六日星期四

漢諾威的這個房間，天藍色，坐落市政廳之上，令我不禁想起八五年我在里爾的那間房間；車輛往來噪音的背景音樂。羅馬也是。多奇特的感覺啊！孤獨、天地之大竟無我棲身之地。這些房間層層疊疊交叉錯落。

二十八日星期六

自西德返國。在那邊，我生活得無憂無慮。愈接近巴黎，苦等、情慾又占上了心頭。然而有種感覺，彷彿我已經認命了，好比說，今晚，不會有電話。明天，他可能會現身艾琳家，一顆心懸在那裡。煉獄，因為所有在場的女作家，不消說，我嫉妒她們，雷琴・德佛吉（Régine Deforges）、李禾依（Rihoit）、安妮・寇恆—索拉（Annie Cohen-Solal）。法國這邊的個個頗具姿色；俄國那邊的則因襲慣例，不是圓圓胖胖就是上了年紀；美國那邊嘛，難以預料。

漢諾威的大教堂出其不意的，飄來布瓦吉柏[15]的風味。慕尼黑美術館展出一幅米勒的鄉村巨作：一位母親踏出門檻，抱著光著屁股的小男孩噓噓，一個小女孩聚精會神在

15 Boisgibault，法國中北部的一個小城。

「一旁觀看。那是我童稚時期的一個寫照，嗯，或許不盡相同（相同的是那分好奇）。同樣的畫面還有，我十三歲時，從姑媽家的閣樓小窗往外看，她正抱著一個小男孩噓噓，而那個小女孩大概是我的表妹法蘭絲特——婦女拉小男孩的小雞雞的動作——小女孩強烈的好奇心）。就米勒的畫而言，寫實筆觸淋漓盡致，但稍嫌平常。

有個叫做馮剛（Von kaug）的畫家，他的畫則極盡誇張之能事。巨幅的最後審判，一個男人被判下地獄，他把自己的胸膛抓得血跡斑斑，皮膚上到處可見指甲血痕。

他已經把我忘了？（多虛假的言詞。當然沒有，就狹隘的字義而言，他沒有忘。他不再需要我了，這話還比較貼切。）

二十九日星期天

午後兩點半。計畫去艾琳家，不知他是否也會去（如果電話沒來，可能性將很高）。無法確實得知他對我最新的感覺為何，卻要見面。而且還要在那些女人眾目睽睽之下，那些女人一個個自命不凡，那是當然，文人相輕。艾琳，有樊杜林之風[16]。此外，還有一隊交響樂團，演奏俄國樂章。四重奏或七重奏……奏鳴曲？普魯斯特時代重現，一定非常奇特。而S化身雅伯婷[17]就更那個了……

十一點十分。完全不是這麼回事，只有幾乎是純粹女性集會才慣有的煩悶。他沒有受邀。我洩氣極了。他明知我昨天晚上就回來了。沒有任何電話，連今晚我不在家的時候也沒有。

三十一日星期二

正當我準備匯集所有的徵兆，擺在面前，證明他決定要一刀兩斷時，電話來了。他五點鐘過來（有點擔心萬一那些畫家還沒走的話，他不願進門。這不是不可能的。）。強烈的慾望使我無法集中精神工作，勉強改了幾份作業。

晚上九點。他剛剛離開。比其他幾次更加地消沉，如果還有這種可能的話。當我問他是否還有一個情婦的時候，他的笑聲不脫稚氣。最美的一幕，一如往常，總是在沙發上進行，而我也知道他喜歡這個。半裸地躺在沙發上，任我緩緩地愛撫，從頭到性器、至雙膝，任我嘴唇輕吻。我還知道因為他是蘇聯人所以我喜歡他。絕對的謎，有人會說是異國情調作祟。有何不可？我深深為他的「俄國靈魂」著迷，或者可以說「蘇維埃精神」，蘇聯這整個國家，地理上、文化上（歷史）感覺是如此地相近，然

16 Sidonie Verdurin，普魯斯特筆下的人物，是個惹人厭的貴婦。
17 Albertine，普魯斯特筆下的人物，風流的女同性戀。

而卻又是如此地迥然不同（相對於中國、印度，和那些完全非我族類的其他地區而言，那感覺是不一樣的——種族歧視？）。但是，什麼時候？現在？Kagda（俄文：什麼時候）？（下次再見）。如果他能夠不帶他的太太一起去布魯塞爾該有多好。只要他還怕跟我走得太近，我想他會帶她去。顯而易見的。

他到之前，一陣忙亂，根本不管東西會不會摔壞（好比，打破一件貴重的物品），也不在乎該做的事沒做（寫信之類的……），因為心中唯存慾望，別無他念。從前，重新回到現實之後，我清醒、傷心，驚訝自己幹嘛手忙腳亂一場，弄得敗事有餘，反正性慾滿足後，到頭來還是一場空。現在，我已經能接受，甚至享受這兩個時段的落差。我清楚地看到慾望高漲的時候，時間是筆直向前地；而慾望消失的時候（獨自一人，整理東西），時間則是毫無目標地往外擴散（最佳證據，我上面所做的描述）。醒悟，是一大力量也是一種快樂。

二月

一日星期三

我人在廚房，他替自己倒威士忌（威士忌似乎已經取代伏特加，成為他的最愛了）。母親生前常這麼做。奴隸的心態（我身上也有）。為什麼他老愛喝酒，跟我在一起需要喝一杯？其實，我並不嫌惡這點，三杯下肚，他膽子變得更大了，露出更多「本來面目」。先前我怎麼忘了記下這種時刻呢？當我鬆開晨袍，準備愛撫他的時候，躺在沙發上的他，臉上掛著那樣一抹微笑，志得意滿的笑，露出所有的牙齒，微微地透出些許殘忍的意味。那是激烈快感的象徵：一張毫無矯飾的臉孔。我達到高潮對他來說也是一種快感，讓他感到無上的刺激。天啊，了解做愛技巧、熟知對方的身體真的需要時間。女同性戀選擇了簡單。

五日星期天

他打電話來，講了好久！講了兩分鐘之後沒見他掛上電話，我驚訝不已。我隨口對他說，我們倆對美的定義不同，我們之間存著許多歧見。（我是怎麼了，幹嘛淨說這些加深我倆的鴻溝呢？）他回答，我們也有共通之處，而且還不少。但是，他指的是哪些？我想，只有在情慾這方面吧。同樣暴力傾向的性愛慾望，或者頂多再加上政治觀點這一項吧？抑或是，就更廣的層面來看，介乎法國人和俄國人之間的共通性？

他明天出發前往布魯塞爾（我真希望能夠伴他同行……），要到星期五才回來。布魯塞爾，三年前，不多也不少剛好三年，我去過那裡，冷得手腳發麻，我真希望這一次能夠伴隨著 S 舊地重遊。那個女人，他的妻子，真是令人不敢恭維。她應該不熱中於做愛，那麼，她幹嘛巴著S不放，黏著他到處跑……（跟菲力普在一起時我的心態，就像園丁的狗）我在電話裡對他說：「我想要你。」他說：「啊！」顯得困窘。怪異的對談，我暗示著要他說出不應該出口的話。「我想還是告訴你比較好，不是嗎？」「是啊。」他回答。「是啊。該說？還是不該說？」「該說。」但是，無疑地，這是他第一次在電話裡聽到這回事。或許，他無意識地等著我主動將話題導入情色範圍（待查證）。

電話交談後比音訊全無還要糟，我時刻計算著下次兩相依偎的時間。慾望和痛苦蝕空了我的生命。難道這就是愛情？我根本無法確定。因為我經常（不對，不常，偶爾）用跟我一開始在蘇聯看他的眼光打量他：非常英俊的大男孩，相當沒有定見，而且亟欲有所表現，好獲得黨裡的領導賞識。

六日星期一

令人驚訝的是，這個故事發展的時間順序不斷地出錯。就某種程度而言，那是我的心情時間，我倆關係的真實面貌以及跟外界事件相對應的時間順序。因此，我想起了海洛依莎．費爾（Heloïsa Freire）的展覽開幕日，感覺上，那時候我倆關係已經開始走下坡了，那天我覺得非常的失意。然而，那天是十一月十七日，離那個瘋狂之夜，也就是汽車發動不了的那一晚，僅僅兩天之隔，艾琳家的聚會卻是在此之前。所以，重要的不是我倆關係的真實樣貌，我由此而發的感觸才是關鍵：我覺得有點失意，而我腦海記憶所及的只有那失意。馬賽……干邑……拉羅雪……只有在里爾，十月一日那天，我才是真真實實地感到失意，一心一意往慾海沉淪。

十日星期五

夢見他。連續三次，之前從來沒有過的事。日有所思？他像是丟掉的失物，我比較能夠坦然面對了。這算是斷了痴心，還是不安？對於這所有的一切。對於他的無聲無息。「我一回來就給妳打電話。」但是，他明白「一回來」的確切意義嗎？他昨天就該到了。說不過去吧。D. L.跟我聊到了哈瓦納的情況：有幾間夜總會，小小的，裡面黑漆漆的，連吃東西都看不見自己吞進了什麼，大家在黑暗中摟摟抱抱，對方臉孔長什麼樣也不知道。接下來的時間，整個下午、晚上，我不停地自問 S 在古巴的時候是否也曾是那裡的座上客，我原本以為他對黑暗的偏好可用佛洛依德解釋，其實是源自七五年間，源自古巴也不一定。亟欲進一步了解。見證這段過去的局外人，在他們的不知不覺中，為我提供了一些線索（D. L.多半會想，我非常有興趣跟他談話。這是真的，只不過，不是他想像的那樣）。陷入掙扎，渴望讓 S 重溫古巴情調（漆黑中做愛，熄滅每一盞燈，各個角落的燈），又想讓他體驗光明，照亮他的身體，看清他的動作。

寫到這裡，等待，對他的慾望又再度盤據了我。維繫這分慾望。密特朗說：「所謂年輕，就是擺在眼前的時間。」

晚上九點。他八點十分打電話來（這幾頁的主旨）。我茫然了，不知是否「還相信著」。追根究柢，這個形式毫無意義可言。我所處的世界裡，可能與現實終究只是幻想，反覆無常。確定星期二見面之後，糾纏了幾小時的情慾一掃而空。

十二日星期天

我上面的紀錄不是非常真確：情慾回來得非常快，排山倒海之勢，讓我無法專心工作（或者該說，我為了想要保有這分情慾，因此我無法工作下去？）。好怕他來不了，從星期五到下星期二，這中間間隔的時間太長，任何事都可能發生。他的嗓音，夢囈般的「是的」，尾音拉得長長，純俄國式的，但對我來說，那是夢、是柔情款款，不過到後來卻完全相反，其他的字句講得太快，「妳在幹嘛」，太過急促。到頭來終究唯有這點美感是無堅能摧的，他是蘇聯人。

十三日星期一

從午後四點半開始，極度焦躁：怕他今晚或明天打電話來說：「我不能來了。」所以我去參加了卡羅斯．費爾的展覽開幕典禮，其實我大可利用這段寬裕的時間完成我的文章，但也有可能完全沉浸在絕望的瘋狂當中。明天是情人節，所以，想像力發威，好比他可能比較想要跟他的妻子共進晚餐。又是情慾在作怪。然而，就是有這麼許多剎那，腦子清清楚楚的。但是夢想……好比我在一份報紙上看到的：「如果你性格獨特堅毅，在年過四十之後擁有一個孩子」……淚水在眼眶打轉，彷彿真的一樣，他打電話來「取消約會」。老愛杞人憂天（從什麼時候開始，竄進我的生命裡？）。

十四日星期二

今夜，我醒過來，腦中浮現二月的那一天，一個星期一，當時我跟威廉 R 約好見面，他爽約了。我的朋友（！）說：「他放妳鴿子！那時候他在一個咖啡館裡，眼睜睜地看妳從店門口走過去！」我已經記不得當天早上作何感想了，只知道自己希望滿滿地出門。記憶中，僅剩圖書館四周的街道，一片灰茫。當時我二十歲，今天，我已經四十八了，我沒有被放鴿子——他會預先通知我。我變成會有人「預先通知」的那種人。然而在我心裡，那種焦躁不安永遠不變。別來——就算來了也一樣，面對他在此地出現的那一刻，碰面的瞬間，剛開始動作，這一連串從一個世界轉換進另一個世界的時刻，在在都是不安。我夢想著永不消退的情慾，沒有終將走到的盡頭，然而終究須以高潮作結。

今天讓他來吧，陽光燦爛的星期二，天空藍得耀眼，美得唯有等事過境遷之後我才能相信那是真的。

五點四十五分。萬一他不來了怎麼辦？一九六一年的二月重現？當時，我自然是了斷了那分情緣。現在的我是否同樣明快？夕陽下山，一整天一事無成。

十點五十分。他四十分鐘前走了。整理東西。對一切感到絕望，我指的是幸福和失落。愚蠢的人生，無庸置疑。在一起四個小時，這次時間好像過得比以前快，或許是因為習慣改變了：樓下的客廳裡，電視開著；沙發裡更親密，他任我親吻愛撫。一如往昔，帶著少許醉意；思想交流貧瘠。就這樣了，我瘋狂地在慾海沉淪。跟他一起重看了《凱撒與羅莎麗》（César et Rosalie），七二年夏天，與菲力普在日內瓦看過這部片子。十六年半過去了，在這裡，與S一邊做愛一邊欣賞。這部片子看起來相當老舊，與我的過去密不可分，除此之外似乎沒有多大價值。S真的認可我們的「外遇關係」、「情婦」關係。分離造成的這疲憊、這苦痛無計可消除，除非，見面時間能更穩定，想想而已，因為我住在瑟吉不是巴黎。他不知道今天是情人節，這個徵兆也就毫無意義了，但並不減其美。心中只有一個念頭：這段時光正一步步走向終點。驚駭莫名。

十五日星期三

作夢，噩夢。尤其是這個夢，我必須去一間「小夜總會」，在那裡我被人打了一針，完蛋了……今晨，厭惡地看著我的手臂，內側皮膚乾癟；不要乾癟，就得變胖，任肌膚鬆軟下垂，全身到處是蜂窩性組織炎。他反覆地說：「我很高興能在妳心中占有一席之地。」但若深究其意，他想說的可能是「不在妳的書中」吧。生平第一次，眼中的自己一無是處：沒有寫作的混日子，苦等情人幽會，這些是邁向死亡的恐怖沉淪。四個小時裡，我看見時間飛逝，若以更寬廣的格局來看，我看見的是生命飛逝。寫作時恰好相反，時間不至。儘管如此，我仍期盼能與他共度一整夜。我無從明白我是為了什麼跑去學俄文（一時興起，太牽強了），我為什麼挑選蘇俄的改革為創作主題為《歐洲雜誌》撰文，又為了什麼我不斷地記錄這些，我與他之間的不存在的情愛糾葛。

十六日星期四

今晨量體溫：三十七點二度。嚇了一跳，腦中一片空白。非常清楚了，我昨天做愛的時候，應該說是前天，正值排卵高峰期（當他觸摸我的乳房，令我感到痛楚時，我其實模模糊糊地察覺到了）。昨晚，深深的疲憊，代表著什麼？我翻字典查詢「子宮頸透析」的解釋，五雷轟頂，精子奮勇不懈、勇往前衝的過程，再一次的，為精子盲目向前的這個現象陷入驚惶的興奮當中。大約要焦躁不安個九到十天，跟過去一樣，已經二十多年了。當時是基於什麼樣的考量，使我拿掉了小孩？不過我決定了，等下次月經來潮之後繼續服用避孕藥。當然，假如月經如期報到的話。

十九日星期天

星期五，在巴黎，腹部絲絲抽痛，百分百確定自己「中獎了」。後來經過理智推想，光是疏忽此舉並不足以驅動幾乎停擺了四十年的本能。據說，有四十五分之一的機率懷孕。然而，卻因為這個意外，我對S的思念銳減不少，我不禁納悶，難道我下意識裡想要的是一個能讓我孕育生命的男人——跟一隻母狗沒兩樣——然後再齜牙咧嘴地趕他走。

二十日星期一

不管怎麼說，到今晚又是六天無聲無息了。如果天數增加為七天，至多八天之久，沒有出差等藉口的話，等於朝不聞不問的冷淡階段又邁進了一大步。昨晚，又開始難受起來。腦中想像他的身軀，總是那個小梨窩！那天才發現他的下巴上有這麼一個小梨窩。沒看見——跟一個男人都上床了，居然沒看見這個。不過老實說，這樣很好，能夠付諸想像力，無論是梨窩還是疤痕，沒看見就是激情的表徵。剛剛想到，從十六歲起，我為自己走過的人生留下了這道足跡，我的日記，從沒間斷。

二十一日星期二

見面的間隔再創新高：到今天，七天了。輾轉的夜，意識恍惚，朦朧的失落感。想做個了結，斷了這段鬆散變調的故事，譬如，星期五別去參加蘇俄電影放映會（我還沒有答應出席）。也意識到自己的瘋狂天性。就此放手不再繼續，我做得到嗎？

十點鐘。他用計程車電話打過來，但沒有接通。根據時間推測，我知道是他打來的。下星期以前不可能見面。總是相同的對白：「妳好嗎？」「好，你呢？」「我很好。」之類的。

二十四日星期五

昨晚，電話來了，但是我沒有辦法跟他見面，艾瑞克跟大衛在這裡。今晚，電影放映會。他的妻子沒來，「她有點不舒服」。照慣例，毫無意義的社交辭令。莫非她懷孕了……坐在他身邊共同欣賞一部俄國片。撫摸他的手指，僅此而已。我火速回到家，帶著背景音樂帶「衣索匹亞之歌」，而我明白了，回憶起了，自己十八歲時「對生命的憤怒之火」，心靈深處的絕望，今晚原貌重現。我四十八歲，為了一個男人。當我看見他，在那兒，在大使館的大廳裡時，覺得他渺小得微不足道，只是個漂亮男孩，僅此而已。我重讀《安娜．卡列尼娜》。

今天，一事無成（關於蘇聯的文章沒寫，焦躁不安）。驗孕劑的不幸插曲，在歐尚，我愣頭愣腦地跑去買，結果不敢帶走。著實被櫃檯的小姐羞辱了一番，她大聲問：「是要驗孕劑嗎？」然後給我一張上面寫著「比重分析驗孕劑」的取貨單，叫我去中央收銀台領貨。所以，我沒去付錢。我還在等。明天到盧昂，星期天，那個胖胖的德國女人。星期一，終於，他來了。然而，這是什麼樣的人生啊。巴黎—龐妥茲 A 十五號高速公路，曾是這幾年來交雜快樂，以及無邊無盡的痛苦的地方。八四年夏，八八至八九年冬。婚姻桎梏的嚴寒歲月。

我與他，我們交換夢想與慾望，只是我們的慾望與夢想並不相同。

二十七日星期一

午後五點三十五分。等待……五年前的回憶湧上心頭，母親人在龐妥茲的醫院，她再也沒回過這兒，此時此刻我置身的所在地。很快的，S的車來了，而奔向死亡的時間開始計時（我沒懷孕）。

晚上十點三十五分。怎麼說呢？彷彿得到了寬恕，因為與S在一起的這個夜晚是如此地纏綿。在一起五個月之後，新發現（不過，怎麼都是我……）另一種從未體驗過的快感。腦筋一片空白，淹沒在情慾的溫柔浪濤裡。我倆模模糊糊地並肩睡去，電視還開著。他喜歡任何能夠凸顯他男性雄風，表現自戀情結的東西（我從後面撫弄他，他緊盯著我的手，無法看見我的臉），喜歡嘗試性愛，挖掘性愛的可能極致。

二十八日星期二

激情狂歡後的第二天。整個晚上不停地作夢，精確的（我上面描述的）和模糊的記憶同時湧現，無法擺脫（我覺得整整四個小時自己都躺在他的臂彎裡，中間只短暫地起身去找些吃的，或是咖啡）。俄國式內褲，如此勾動人心，還有一件白色貼身毛線衣，同樣的俄國風情，跟來往列寧格勒和莫斯科的火車上看到的那些男人身上穿的類似。

十點半。埋首關於蘇聯的文章，糟透了。我沒有什麼具體的真實事蹟可寫，除了告訴大家在列寧格勒的一個晚上，我如何在一間洗手檯連個塞子都沒有的陰鬱房間裡，愛上了S。

晚間。整個下午，腦袋裡僅轉著兩個場景，他身體前傾，看著我的手撫弄他（我人在後面）。我感覺得出來，他再度尋回了血氣方剛的青少年時期，或者更早的年歲，一種激情性幻想。很高興能夠讓他重溫這一切，與他攜手跳進他的童稚時期。腦中還有另一個影像浮現：我的父親躺在床上，頭垂向一邊，兩天後便與世長辭。男人們彼此打量，而我們打量他們？女人扮演啟示者的角色，是散播歡愉之母。

三月

二日星期四

做完愛之後，我真的是醺醺欲醉，因為對象是S。第二天，甚至到昨天——不過情況不同——我整個腦袋充塞著一幕幕男歡女愛的畫面，流連不去。直到今天，我腦筋才有些餘裕。不過，醺然醉意、愛情，會留下痕跡、會在心靈留下印記嗎？

昨晚他打電話來，真是非常難能可貴（這是什麼話！），感覺非常甜蜜——距離我們上次相見僅僅兩天而已（感激的表示？或許——mojet grit（俄文：或許）——難道除了激情演出的回憶之外，他不能給點別的嗎？——可是，我自己呢？）我覺得他最大的渴望是我能出一本書，而且趕在他還在我身邊的時候，讓他為我感到驕傲，換言之，讓他感到自豪。

五日星期天

再度諸事不順，為了這篇關於蘇聯的文章，整個人陷入極端緊繃的情緒中。無疑地，原因在於我怕來自他人的批判，以及或許對於這場改革，我除了拾先人牙慧之外，別無新意。此外，他沒有打電話來，不過，這一切都還在允許的範圍之內：我是他生命中的情色外一章，僅此而已。在我的生命當中，我能給他冠上別的比喻嗎？但是，有時候，那多麼的美啊！星期一才體驗的激情，星期二、星期三還縈繞腦海，怎麼今天會毫無緬懷、眷戀之情呢？

關於這篇文章，內心不斷地與那股什麼都不想做的慾望交戰，因為我很清楚必須做的所有事項。我無法想像日程安排這種東西，也就是說，用成串溫吞的字句填滿時間的做法。我沒有那種耐性。

六日星期一

所有的一切都是煎熬。今晚，我苦等電話不來。十一點了，我要去看《安娜．卡列尼娜》。關於蘇聯的那篇文章才起了個頭，我領悟到字跡自有其含意是多麼的有道理，而其意義又轉換得多麼極致。第一行是：「於是，我舊地重遊莫斯科。」這是一句我想敘述真實事件的文字，並不真的想要回到過去，一如句子使用的是現在式。這裡，只有寫作的慾望，偶爾而已。

當然，一個星期以前，我十分確定他對我有慾望。只要幾天過去了，他一定會想辦法再碰面（為了他）。這本日記將是情慾與痛苦糾纏的吶喊，從頭至尾。

八日星期三

磨人的夜（和晚上），無法成眠。卡在一個洞裡，也就是說，非常明白他一點都不愛我，或許已經厭倦我了，明白這種痛苦所代表的意義，現在其實已經表現出來了。厭惡要寫一篇完全是為了一個男人才接受邀稿的文章，而這個男人現在連電話都不打過來。我面臨了一個每次只要涉及到男人時，慣常碰上的瘋狂狀況。

八點半，他打電話來了。實地驗證了：一個微不足道（純粹字面意義）的聲音，在我的生命中竟占有如此非比尋常的重要性，而他居然沒有過絲毫的懷疑，多令人驚訝啊！星期二或許可以見面。我說：「你可不可以提早……」他說：「有點困難……」（＝不可能，我會俄文翻譯）。

九日星期四

星期二不行，因為艾瑞克的中學師資會考。才八點，整個早上已經是一片暗淡。想當然耳，我無法通知他。很快的，我們就快要整整三個星期沒見面了，對我來說，這只代表一種意義，持續的痛苦，或者就像八六年開始，主宰我與P之間關係長達兩年的冷漠。我又看見自己，昨天，在巴黎的街衢踽踽獨行，感覺人生毫無滋味，半死不活的，沉重。愁煞人的筆記，間或透出瘋狂歡愉的曙光。

十日星期五

陽光燦爛，碧空如洗。孤家寡人（但是，我的痛苦和幸福恰恰與我單身女郎的身分緊密相連。這個身分消失了，煩惱或嫉妒緊接著來了，跟婚姻或同居的情況相差無幾）。每一台過往的標緻四〇五和五〇五都讓我情不自禁地想到S就是這個樣子，喜歡開大車的傢伙，野心勃勃，自戀狂，而我在他心裡只不過是個他結交的作家，算得上是個美人，還有床上功夫一流，只要他想要就能過來得到滿足。痛苦的熔流持續噴出。星期一之前若沒有電話，這個星期很可能無法見面了，或許吧。

十二日星期天

選舉。我上一次投下神聖一票的時候是十月二十日。現在，就私人的範疇而言，投不投票又有什麼關係呢？我是極端的消極主義者，換言之，我已經準備好（十分確定）要聽布赫（J. Brel）歌曲裡訴說的「一定回來」的含糊承諾，我忘了是哪首歌。這篇關於蘇聯的文章讓我痛不欲生，但是，如果真的沒有什麼可做了，豈不更慘？讓另一半擁有絕對的自由等於是對自己殘酷，綁得緊緊的也好不到哪兒去。今晚，他會打電話來嗎？

十一點。不，一切變得難上加難，批改作業，背幾個俄文單字（有什麼用？）。對自己說，他這人毫無人文素養，個性如牆頭草兩邊倒等等，沒有用，反正我又不是因為這些才愛上他，是那層無法界定的情慾將我倆連結，少了它我命休矣。

今夜裡，我夢見了母親。我們在一班火車上。她回復了神智，舊有熟悉的臉孔，逼近八十高齡大關。我不知道這算不算一個撫慰心靈的夢，鑑於我目前的生活。

十三日星期一

我到底有沒有辦法為《歐洲雜誌》完成這篇文章？荒謬至極，因為對於蘇聯這個國家，真真切切的內心話只有：蘇聯於我一直是個神秘而迷人的國度。其餘的，已經讓大家說盡了，大鳴大放、鬥爭、無法預測的改革結果。早上，在驚恐當中甦醒，心裡念著什麼時候才能見到S？最好他今晚打電話來，這樣我就不必對他說明天不行了（艾瑞克跟他的中學師資會考）。胃痛、腸絞痛齊來，原因何在？

在他眼裡，我不具任何作家特質（他無法真正了解我的作品內涵，也無法明白我的作品相對於其他法國文學作品的定位），我只是眾多靠搖筆桿吃飯的文人之一，直言之，任何一位女性作家都能夠取代我的位置，只要她的社交光環能與我比肩。這本簿子快寫完了，我要把《安娜．卡列尼娜》看完，好怕即將面臨另一段痛苦煎熬，比十月份所歷經的更殘酷。不抱任何幻想，他只是想逐步地甩掉我。還是，我必須引導他向我坦承？綜觀我倆交往的整個歷程，除了第一次之外，使盡渾身解數的哪一次不是我。

十點半。快六點時，他打電話來了，當時我不在家，後來，就沒消沒息了。我的喜悅逐漸化成絲縷飄散，終至堅定地相信：他打電話來是要告訴我，他明天不能過來。我沒辦法再這樣過日子了，這般的痛苦。等他打電話來的時候，我要誘他提出分手。好像已經十天了，或許更久，每到晚上我彷彿傷得體無完膚。幾天前的那個晚上竟是如此的遙遠、不真實。

十四日星期二

輾轉反側，喉嚨痛。完全不想再花心思在我的文章上面，寫是寫完了，卻一無是處。焦躁不安淹沒了我。電話響了，是畫商……這樣怎麼活得下去？走過在我看來已經無法挽回的分手事實之後，浴火重生。其實，這篇開頭如此之美、如此無瑕的愛情故事，有這種結局倒是很合乎邏輯的。

十點半。他的電話來了：車子進廠保養。突然之間，生活秩序回復常軌了，我明知那是假象，不堪一擊（在這通電話之後，他並沒有更愛我一點，加上我還得把這篇關於蘇聯的爛文章打字打好）。不過，或許我終於得以安心睡上一覺……

十八日星期六

看完《安娜．卡列尼娜》，最後的幾頁，步上死亡之路，描寫精采絕倫，暗含某種寓意在裡面。

沒有他的消息。昨晚躺在床上，失眠、流淚，我也一樣，想死，但是沒有付諸具體行動。腦海掠過一幅影像，我驚慌失措，我看見他與某某代表團的女士們跳舞（一如當時訪問蘇聯的我們），我被排擠在外，同樣的情節總是一再上演（宛如與菲力普在一起時，我深深為此所苦，那些他徹夜不歸的夜晚。這就是地獄？還是，比起現在那算小巫見大巫？若有雷同，純屬巧合？）回憶領我走進波爾多的那個房間，發現沾染了那個少女（叫安妮什麼來著？我忘了）童真鮮血的床單，我的痛。六四年的二月。多荒誕的一段過去啊，認真說來，這段婚姻，與菲力普共同生活的日子，純粹植基於我內心的缺憾，對一個不愛我的男人的渴望。一如S也不愛我，他從來沒有愛過我。而在他身上，我愛的是他的年輕。而且，我對蘇聯一直非常著迷，我覺得現今這個國家是世界的一大課題。離他上次打電話來僅僅四天而已，像是過了一輩子那麼久。我回想起星期二的舊事，我看見自己走進瑟吉的花店，訂花送給主演「一個女人」的女演員，當時我心裡想著他還沒打電話來，還不知道晚上幸福即將降臨。但是，實際上那通電話打了等於沒打，就像在痛苦的洪流裡激起的小小的、微不足道的漣漪。沒有要花腦力的工作要做更慘。

十九日星期天

午後五點半，他的電話來了。之後某樣東西落幕了，好像一座我自導自演了好幾天的幻想舞台上的帷幕放下了。等待——平靜——開始害怕尋出冷淡、厭倦、性趣缺然的蛛絲馬跡，恐懼接著上場。最後那次是那麼的美。這份關係荒謬得可以，他那邊「偶發事件」頻傳是再明白不過的鐵證。到底是什麼將我倆連結在一塊？我這方面是空虛，我很清楚。他呢？

二十一日星期二

昨天，春分。不能相見的三個星期，默默地在我不知情的情況下，澄明的理智——或者是冷卻的激情——在我身上慢慢起了作用。他的臉龐在我眼裡變得普通平凡，而他贊成死刑的立場，以及將同性戀視為罪惡的蘇聯法律，在在讓我難以忍受。然而，與他相依偎的渴望仍在，一直在那兒，所以今天一大早就訂了他想要的書給他當生日禮物。苗條的身材，文弱書生一型，如此的勾動心弦。在割捨彼此情慾之前，能否擁有整夜相依的良宵？他承諾要請我一起去欣賞大使館放映的電影，我非常的高興，根據慣例，接下來……

二十四日星期五

今晚夢見我說了這句話：「性愛在我的一生當中一直是種焦躁不安的情緒。」從星期一開始，我目睹了幻夢破滅，熱情褪色，堅信他對我已經沒有絲毫眷戀。之後，我無法再忍受孤獨一人，伸手可及之處，盡是我倆故事的片段。我的腦筋裡仍然全是他，但是先前那種強烈的瘋狂慾望已經消退。

今天去了坐落在達輝路上的俄國教堂。再度仰望這座教堂封閉、狹隘的建築結構和東正教聖像，內心震撼不已。接著參觀了俄國服飾展，這當然是在傑克瑪—安得烈博物館展出的。

二十六日星期天

木蘭滿樹花海突破濃霧顯露芳姿。復活節。剛剛好六個月，六個月前的凌晨兩點，我根本沒想到我會跟S共譜一段故事，進而無力自拔，我以為那只是給自己「爽一下」的一夜情緣罷了。大講粗話根本無濟於事，憤世嫉俗又能如何？我比滿腦子浪漫情懷的單純都市少女更加浪漫。現在該怎麼辦？接受現況，然後任自己逐漸乾涸麻木（做愛次數愈來愈少）？還是以我慣用的方式結束這段關係？無法肯定他積極地尋找機會與我相會，他是如此的功利，如此缺乏浪漫情調，他一定會說：「如果她不想繼續下去，那就算了。」而且對這事一定會擺出極其虛榮的樣子，一如他在社交界的表現（隨身攜帶亞蘭・德倫的名片！）。為什麼我喜歡的男人都是些自以為是的傢伙？

二十七日星期一

噩夢，最恐怖的一種噩夢，夢見孩子夭亡，是大衛。接著，又一個夢，我把這個夢當成現實的反映，也就是說，第一個夢只是單純的夢而已。大火，警報及時響起，我人在一個房間裡，正在試穿內衣。我走到窗戶邊，看見倉皇逃出火窟的人群（無論如何，沒有人葬身火海）坐上一班遊覽車。他們看著衣衫不整的我；我卻想著，坐在遊覽車上的他們，那模樣好像櫥窗前面魚貫排列的俄羅斯娃娃。這兩個夢裡頭，我的雙親都還健在。世代交替，代代相傳的想法常常出現腦海。（自從六四年把孩子拿掉之後，這想法便如同烙印般深植心中。）

四月的恐懼。一本筆記簿只記錄了五個月的心情，這還是第一次。就算在六三年的時候，我也沒有打破這個紀錄。這只證明了我分析得更深入，書寫心情的習慣更規律。但是什麼都比不上那個糾纏心緒的念頭。

二十八日星期二

晚間九點。好像夏天。我想我從來沒碰過這麼熱的三月天（啊！有，一九六一年）。八天了，他沒來電話，超過了一天，而我帶著某種習以為常、卻遍尋不著出路的痛苦心情看待它，反正我還沒下定決心一刀兩斷。不過，或許他已經決定這個樣子，慢慢地，結束。星期四，如果他沒去大使館看電影，或者他對我視而不見呢？我什麼都做不下去，這篇關於「政治」的文章一點都引不起我的興趣。今天早上，在龐妥斯的聖母院前面，我把腳放在盤根錯節的根上——就外觀而言，應該是一棵樹的樹根——然後跳下來。此刻列寧格勒附近的沙皇避暑行宮重映眼簾，噴泉隱藏在泥土底下，一不小心踏上去立即淋得濕透。這段時間，我從沒想過，有一天我將重回列寧格勒，就像我不厭其煩地屢次重返威尼斯，緬懷過往。只不過，這次我將是垂垂一老婦，我不知道俄文的「tempo fa」（義大利文，許久以前）怎麼說。

我原本以為應該會出現在這本筆記簿開頭部分的情況——慾望漸漸冷卻褪去的結局——就這樣出現了，循著一條永遠無法磨滅的程序。現在呢？我還沒辦法從這團激情漩渦裡抽身。因此我還需要比這些正不停糾纏著我的徵兆更明白清楚、更強有力的證據嗎？乾脆孤注一擲，寄分手信？有時候，我覺得 S 跟菲力普一樣，同樣的軟釘子，同樣的冷漠——妳要離開我？喔。

寄分手信等於劃上句點。正因如此，我遲遲提不起勇氣寫。

九點四十分。電話來了，星期五見面。我瘋了嗎？不。

三十日星期四

已經像是夏天。我將前往蘇聯大使館，可以看見他。我喜歡那緊繃的情緒、飢渴的慾望，還有讓他感到快樂。被愛，被珍惜，我知道那是不可能的。

傍晚。連番失望。他擔任值夜外交官員，無法過來看電影，不過答應我會來找我。但是，裡面漆黑一片，他沒看見我，轉身走了。明天他不能來，不過星期一肯定可以。今晚，我沒見著他，換句話說，我不能想像他就是那個與我幾度雲雨的人。然而回到這裡之後，我渴望他，儘管他擺出一副冰冷、客套、制式的態度。現在，他對沙卡洛夫已經非常諒解了，是不是很快也就能接受索忍尼辛了呢？

在這本筆記簿裡的我到底怎麼了？我既想要保有S，又想要寫作，可能嗎？作了夢：在莫斯科度假，莫斯科是最常與S「談及」的地方。

四月

三日星期一

二十五年前，我去了聖美心，艾瑞克就是在那裡的驛站旅館懷的（？），那間房間又重現眼簾，勾起當時的某些回憶（我說：「我們是車內做愛一族。」他回答：「對喔，有人在床上幹這檔子事，我們是在車上！」）。我的人生於是出現了責任，我不想當一般人所謂的未婚媽媽，又不願再度拿掉孩子，結婚成了唯一的選擇。

今天，我不知道S是否會來，我是否真的明白他的安排。無疑地，這將是我旅行前的最後一次。天灰灰冷冷。他的話會比以往還要來得少嗎？有什麼理由認為他會改變？在列寧格勒，以及十月份在巴黎的小套房裡，他根本連半個字都沒說。他向來是——現在也是——一切以功利為考量，而且極端內斂。或許，他僅僅是個追求玩樂的花花公子。

午後五點。難道是我搞錯了，是個尚待確認的約定？這十分鐘，我不斷地想要說服自己，我應該朝別的方向解讀，也就是說，如果他要來，他會在星期六或星期大的時候打電話給我（若電話沒來，他就不會來了）。我卡在洞裡動彈不得。

十點四十五分。真的是今天。他五點四十五分的時候來了，我剛掛上瑪麗—克蘿德的電話。瑪麗的兄弟尚依夫罹患了腦癌。我腦中浮現他六三年時候的樣子，瑪麗的婚禮上，我們之間交換了一番算是極為親密的談話。儘管我經常覺得自己已經走到生命的盡頭，一個四十七歲的大男人面臨真實的死亡絕境，在我看來仍舊是不公平的、無法想像的。但是，我心裡只有S。他不來嗎？然後，我看見藍色轎車轉進巷內。接著，時間停止，另一層時間象限開始轉動。一如往常，話不多。我問他：「你喜歡（此刻我為你進行的服務）嗎？」他臉上浮現一個欲仙欲死的微笑、一種表情，無法參透。唯一的進展，亮燈了，眼睛張開了。他很高興收到我送給他的書，翻閱時洋溢一種童稚的喜悅。或許，我不應該擅自添加別的書，好像我否定了他的眼光（關於他想要的那本書）。我很擔心在另兩本書上留下了一些個人的痕跡，我碰過這類的事，因為瑪麗亞或是瑪莎，那個為人妻者，那個jena（俄文：妻子），總是疑神疑鬼的（回想我自己——我也是這樣，疑神疑鬼的）。口交，肛交。他總是事事先想到自己，不可救藥的自戀狂，但是，此時此刻，我喜歡給予快感。下個月見不到他。

四日星期二

我處於一種心智上的昏迷狀態。四月了，下著雪。昨晚夢見S，跟他共度春宵之後立刻夢見他，這還是頭一次。小套房裡的電腦房也是特地為他設置的。我表現得不能再明白了，一如往常。

我說：「我們共同分享很多的歡愉，但是我在你心中是什麼呢？什麼都不是？」「不，不是的。」「什麼不是？」「妳是很多。」就這樣，我得到了一句很多，沒別的。

恐怖時刻，安靜無聲，他在房裡穿衣服。一件又一件——四小時前我為他褪去的衣服，一件一件地逐一穿上，拉直扯平。首先是內褲，接著是衛生衣，然後是長褲、皮帶、襯衫、領帶、鞋子（他襪子從不離腳）。這番行禮如儀讓我心碎。它代表分離，慢動作無限延長。

一隻狗在吠。我的心空洞無依，恍如六〇年的賽斯、倫敦，又恍如八四年的菲力普家。朦朧中，我哭了。

有點午夜牛郎的情調：他喝掉了我大半瓶的起瓦士威士忌，還跟我要走了那包已經開封的馬可波羅香菸。媽媽、妓女，我身兼二職。我一直很喜歡扮演這些角色。

嫉妒會說俄文的女人，彷彿她們與他擁有我永遠不會有的共同特質，儘管那些女人跟他八竿子都打不到一塊兒去。相較於其他感受（類似我在環球書店，以及最近又在東正教教堂聽見別人講這種我聽不懂的語言時，內心突發的感受），正是這分缺憾折磨著我。

八日星期六

我生病了，是真的，咽峽炎，星期三開始的。眼看著即將長途跋涉，遠赴丹麥和東歐各國，日子再度變得了無生趣（對病痛的感覺反而麻木了）。我想，在出發前是無法再見面了。或許，他會來個簡短的問候電話，星期一或星期二晚上……濃霧瀰漫。

十二日星期三

瑪爾莫[18]。我處在一種無窮無盡的疲憊狀態。在席維斯堡一間典型的瑞典風格商店，百無聊賴。面對公眾暢談文學，愚蠢至極。我來這裡幹嘛？原本想「乘機」出國玩玩，沒想到代價如此高昂。

模模糊糊地瞇了二十分鐘。昨晚S來電，禮貌性問候：「安——妮，妳好嗎？」「我病了一場。」（沒問我得了什麼病。）「妳不走了嗎？」「要啊。」「什麼時候走？……什麼時候回來？……我星期六再打給妳。一路順風。」感覺上，他說的話好像是出現在網路上的字，離我如此遙遠。然而，我從未停止過對他的思念，並絞盡腦汁想帶一些東西給他。（四年前，我思念的人是P，而四年後呢？）

十三日星期四

哥本哈根，海王星大飯店房間內（跟八五年來時下榻同一間飯店），床頭櫃擺著新約全書，電視機上面有一落色情錄影帶。納悶著，什麼時候我才敢放一卷（因為這會登記在發票上面，會被人看見）看看色情電影到底演些什麼。不是彌補缺憾，而是藉機觀摩。或許今天晚上，要不明天早上，等研討會結束。小巧明亮的房間一片死寂。丹麥乾淨得教人氣悶，我難受極了，在這裡我什麼感覺都沒有。

昨天，破天荒頭一遭，有股衝動想跑去問專程來這裡，到文化中心來，聽我演講的人。問他們：「你們期待些什麼？你們來這裡幹嘛？文化洗禮？一群笨蛋，這裡沒什麼可看的，何況我的書也不是寫給你們看的，土生土長的瑞典老奶奶。」

十五日星期六

昨天，去了霍森和傑林，參觀丹麥王朝早期的幾位國王陵墓。純粹景物描寫，一無是處。

18 Malmö，瑞典南部海港。

法蘭絲瓦對待她上司的態度讓人惱火，一個滿腦子中產階級「刻板思維」的女人。還有她滿嘴奉承，不停地叫她「安妮」的樣子（倘若不是她的名字跟我的一樣，我大概不會如此敏感易怒）。

但是重要的是，S並沒有如他先前所說的打電話給我。明天見面的滿心期待（老實說，鑑於我倆目前的狀況，有這種期待簡直瘋狂）徹底破滅。或許他是故意的，好讓我明天不能提出任何要求，的確。現在，一經檢視，發現約莫自十二月起，他那邊表現出來的冷淡真可怕。

十七日星期一

瑟吉火車站。再過一會兒，便要前進布拉格。「××年……我到了布拉格」，卡繆……感覺上，到了一個比丹麥更貼近S的國家，而且還是第一次來。

昨晚，電話來了，不慍不火，約定我回來的當天早上見面。決定的總是他，硬如磐石無法動搖。不時地，腦海浮現列寧格勒的第一次，掀起驚濤駭浪的那個動作，像一把利刃勾起戰慄驚悚。什麼？這裡？的確，幸福，當然有，卻也有不幸。我也會同樣地繼續參與未來的所有情色演出。故事結束之時，也就是我不再需要他之日。

十九日星期三

星期一，沒去成。我沒趕上飛機。昨天繞經維也納，冰天雪地。布拉格，絕美、晦暗。從聖查爾斯橋仰望城堡和教堂，好像從霍夫曼[19]筆下走出來的童話仙境。中央大飯店近電車路線，鬧聲嘈雜，飯店有個小小的大廳，跟莫斯科的蘇聯共產黨中央委員飯店一樣。昨晚睡覺時，全身凍僵，身上的棉被滑落，這間黃棕色的房間，窗戶無法關緊，我敢肯定我永遠無法在一個東歐國家安居。然而，這裡的居民是如此的快樂。我跟當地的文化專員談了很多關於蘇聯的事。俄國人的驕傲，驕傲自己能與美國並肩，成為世界最大、最強的國家。他們鄙視自己的手下敗將，相對的也只能接受自己被「教訓」的命運。模模糊糊的，我彷彿可以理解S和我之間關係的性質了：不可能是別的，沒有多餘的廢話，傲慢又粗暴的征服者。那位文化專員一定猜出了一些端倪，我希望他不會到處對人說我和一個蘇聯人有婚外情。保守秘密總是比較好。

機場。我已經說不出話來了，失聲，六九年以後就從來沒有過。二十年了！接受結巴的紅髮女翻譯員專訪；造訪作家工聯，隨團的有一位在布拉格春天事件之後新編制的思想淨化專員「布來德」。東歐國度的特有氛圍：晦暗的房間，咖啡招待，意識

19 Hoffmann，1776-1822，德國奇幻小說家。

型態的隔膜牢不可破。派布來德對抗赫拉巴爾[20]。

布拉格大學，對新小說潮的攻訐總不脫那些陳腔濫調，對共產主義作家或類似思想家的緬懷。還能怎麼樣呢？

晚間，抵達布達佩斯。剛才，全然的孤獨無依。坐在馬桶上，腹痛如絞，頭垂向一條鋪在地板上的毛巾。我試著嘔吐，一定是那碗匈牙利牛肉濃湯不消化，太油了。此時此刻，我覺得特別的脆弱。萬一我染上了愛滋呢？感染源只可能是S。

二十二日星期六

布達佩斯的行程結束了。硬撐著熬過這些研討會，獎賞是：城市，夢想中的城市就在那兒，理直氣壯站在那兒——布達佩斯（城堡區，從自由女神雕像山丘俯瞰全景）、華沙（僅僅剩餘歷史的價值）。到處嗅得到對俄國人的怨恨，在波蘭尤甚，景況悲慘落後（載貨的馬匹、養鵝的女孩、教堂），物資一律匱乏（汽油，今天早餐的起司）。文化專員的妻子一身毛衣、牛仔褲的打扮讓我惱火，臉上脂粉未施，但是對她的小女兒灌輸的中產階級教育可是鉅細靡遺，音律嚴謹的古典唱片之類。

一抹孤獨的感覺，現在已經停止對我的騷擾。華沙機場裡，大包小包的行李讓我跌了一跤，瞬間損失了兩隻鞋子。不過，接著至少有三位男士過來幫我解釋那些用波蘭文書寫的告示，飛機延遲起飛（兩個半小時），再來是一直等不到行李，運轉盤卡住了。最後，跑去跟一些我根本不在乎的人一起吃罐頭火腿——那對文化專員夫婦。這次旅行真是夠了。

我住進喀科密[21]歷史最悠久的一家飯店裡，巴爾札克與漢斯卡夫人相會之地[22]。天花板有五公尺高，虛假的氣派裝潢，散發一股油漆味。玫瑰大飯店。

夜愈深，縹緲的痛苦感應得愈清楚，S和我在列寧格勒的畫面變得格外清晰，等著與他相見的這段時日，若不以哭泣發洩，我根本撐不過去——也為自己的孤獨一哭。

二十四日星期一

時間彷彿停滯不前。我不再做任何演講，這項展覽爛透了。星期天下午，因為E

20 Hrabal，1914-1997，捷克寫實派作家。
21 Cracovie，波蘭城市。
22 Hanska，嫁給蘇俄地主的波蘭女貴族，一直到其夫婿過世之後才與巴爾札克成婚，當中歷經十八年時光。

和V. C.這對文化專員，對他們的女兒的態度讓我大為光火。中產階級的教條發揮到了極致，簡直到了滑稽可笑的地步。這種無時不在的溫柔暴力透著幾點殘忍。不能用手拿橄欖，等客人吃了再吃之類的。才四歲！還有拿《藍色小精靈》卡通當籌碼的噁心威脅：等一會兒，如果你不肯讓我上你的車——小女孩玩遊戲時說著玩的——你就不能看《藍色小精靈》了。這一切都是以一種恐怖的溫柔方式說出口。討厭上課。不是。粗俗（我）與高貴（她，專員之妻）之間的衝突讓彼此的嫌隙毫無轉圜餘地。晚上，她看見兩個剛好很粗俗的波蘭人跑來跟我搭訕，嫌惡之情溢於言表。

隨著他們走訪卡基密耶茲的猶太區，荒廢已久，偶爾還可以看到門牌上的名字。今天參觀了教堂，人潮擁擠，不作停留，星期一望彌撒……波蘭人分散在教堂和商店中。他們全部走進去，尋找有趣的東西，什麼都好。奇特的螞蟻習性，勤勞不懈地偵察著有什麼東西可帶回去。排隊，緩慢，安靜；逆來順受，緘默不語。以及教堂。

緊盯著櫥窗內排列整齊的一小把糖果、幾瓶果汁看的那種神情。一公斤的番茄要價跟一只洋娃娃一樣，更是吹整頭髮的四倍價錢。

二十五日星期二

華沙—巴黎班機。

昨天下午，我在飯店昏昏欲睡。行人專用道上人群的腳步聲：奇怪，整齊劃一，宛如只有一人行走，那聲音聲聲敲擊路面，恍如原地踏步，好像夜裡窩在牲口棚的牲畜腳步。靜悄悄地踏步——波蘭人不愛說話。到處都一樣。安靜的隊伍，寂靜無聲的觀光客一波波湧入英雄廣場。全都乖乖聽話，默不作聲。我的講座來了一位修女！教堂，氣氛沉重。上美容院，親切有禮的少女穿著髒兮兮的外套，戴著破舊的帽子排排站，美髮師請我照鏡子看是否滿意修整後的眉型，霉斑點點的鏡子映出的是一張模糊的臉。吹風機吹出來的風一點都不熱；燈光微弱，可說是一片陰暗。看著人來人往駐足跟比一般民房窗戶大不了多少的櫥窗，裡面展示著幾箱果汁、糖果，這些就叫奢侈品。沒有任何一個地方的悲涼蕭瑟曾如此震懾過我。

二十八日星期五

昨天，他來了，快十一點的時候。慾望高漲。他蹲著親吻我的私處，聖誕節過後，他就沒這樣做過了。相當溫柔地做愛，他如此這般地渴望我，一如以往，然而我的話少得可憐，而且愈來愈少。強壓住衝口的話、奪眶的淚，永遠光滑的臉龐堆滿笑容，四時如常的柔情終將成為我不可承受的重擔。我給他帶了一條馬可波羅香菸，免稅商品，他立即抽出一包（難道他身上從不帶菸嗎？習慣在我家自行取用？），走的時候還不忘把整條帶走。我交了兩封信給他，一封是咽峽炎臥床期間寫的，另一封則是在布達佩斯寫的。他有什麼感想？這一點同樣的我也無從得知。晚上大使館電影夜，放映《阿薩》（Assa）。我努力地想聽懂劇中的俄文對白，顧不得劇情發展。他的妻子坐在他身邊。我沒有任何「感覺」，真要說嘛，算是某種好奇吧，他們兩人交換的三言兩語立即將我降格到陌生的異國人士的地位——加倍降格。感覺上，她已經不再疑心。他跟她是怎麼做愛的？她身材嬌小，臀部、大腿肥厚，胸部扁平。她會有性高潮嗎？或許因為這模糊的妒忌，我作了一個恐怖的噩夢：他對我說，他延長了好幾次我們幽會的間隔時間，好讓我倆關係逐漸變淡，而這次是最後一次見面了；此外，他要離開法國了。我努力從擋在我面前的欄杆外，極目搜索他經過的身影，然而路上空無一人，我見不到他了。這是我慾望的展現，存乎想像，光說不練對我來說才是最佳良策嗎？

旅途歸來，擺脫了演講簡報，工作上的職責，那糾纏的慾念立即再度附身，渴望見到他。

五月

一日星期一

重看我們在七二到七三年間，以及七五年拍攝的家庭影片。生平第一次，覺得自己像是另一個人，與現今的我迥然不同。無可否認的，那時候當然是比較年輕，屬嚴肅的那一型。臉上看不見快樂的影子，尤其是七五年的時候。「冰山美人」，是啊。我的書總能呈現出我最真實的性格，非我原意。這段婚姻是如此的沉重。

晚上九點。電話響了，接起來卻沒人回應。不禁要想是 S 打來的，八成跟以往一樣，計程車的電話有毛病。不過，也可能是打錯電話……

三日星期三

星期四如此遙遠，遙不可及，而且他根本沒有打電話來。是該斷了，我的人生愚蠢透頂。但是，我是為了誰曬出這一身古銅色呢？而且，雖然我腦裡在起草分手信，內心其實還是期盼他斷然拒絕分手要求。我重新翻閱前一本筆記簿，很奇怪的，我竟深信到三月間他還是非常在乎我的，那時，有長達三個星期的時間我們沒有見面。

解決方案：如果在我出發前往澤西之前，他還不過來瑟吉找我，決定了，再見他一次，然後一刀兩斷；或者用電話分手。

五日星期五

我上巴黎的時候，好比今天，會去找一些人——費爾夫婦、那位瑞典女記者——欣賞過往的車輛，以及車上那些一副城市打扮的男人：領帶、淺色西裝、高貴品味的剪裁。我對自己說，這整個故事刻板無味、普通至極：偶然、邂逅，一個男人跟一個女人，單純的男歡女愛；彷彿所有的外表假象褪得一乾二淨。我並不感到哀傷，因為有所體認的人是我，以這種方式自己領悟，而不是，好比說，修正自己改採屬於他的觀點看待事物。後來，我回到這裡，瑟吉，我無法忍受枯等電話鈴響的煎熬。八天了，今晚，又創了新的里程碑。我如行屍走肉。什麼時候我才能穿破紙圈，什麼時候我才能參透痛苦？

六日星期六

作了個夢，驚醒。我在一個類似大院子的地方，等待（等誰？）。那是劇院的出口處，上映的是由米雪琳．虞珊（Micheline Uzan）擔綱主演的《一個女人》。我看見我的母親在那裡，坐在觀眾席上。我們聊著，然後她說：「妳講的是我的故事嗎？」我反駁：「不盡然。」那是神智錯亂之前的母親，身穿灰色合身套裝，戴著一頂「美髮」，這是她慣常稱呼帽子的用語。

我曬黑了，十足的大笨蛋，跟六三年在義大利時一樣，當時我在等菲力普的信。我等了十五天了還是更久？回憶變得淡薄。只在乎 S。我對他強烈的依戀大概來自他那猜不透的個性，他的不可知，他的「陌生」。

他沒有動靜的可能原因大搜索：

（1）因為之前的大使館電影夜，他的妻子大鬧一場——我去了而她沒有——假設先前他隱瞞了我出席的事情。

（2）嫉妒亞蘭 N，我主動表示開車送他回家。

（3）厭倦（印證我的夢境），他選擇以拉長見面間隔時間來做了結。

（4）工作因素，未知的職責（難道他隸屬 KGB？）。

他沒說他會打電話給我（不知怎地，我想起了母親，八六年四月最後一次見到她的情景。我對她說：「星期天見。」而她沒有回答）。相反的，他問了我是否要去看書展——換言之，在此之前，我們不會碰面。

然而，然而，上一次是那般柔情似海。不過，也因如此，計畫中的最後幾次見面才具有即將步入盡頭的美。

假設我真的無法跟他再見了呢？就像過去的C.G.。我人彷彿已然死去，腦裡是最壞的預感（離開法國、被甩了之類的）。

七日星期天

音訊全無。陽光曝曬眼睛好痛。接著，我像發了瘋似的，陷入絕望的最底層，而且我好害怕。他可能打電話過來的時間已經過了。我想到明天一整天，為什麼等呢？整個人深深陷入某種東西當中，到處都是同等的痛苦。跟S在一起，我喪失了所有的掌控權，連分手也要等他主動提出。毫無疑問的，悲憐我而選擇這種避不見面的方式。

八日星期一

我愈思量，愈確信我們之間是完了，真正的原因，我永遠無法得悉。厭惡一切待做的事項（整理庭院之類的），焦躁不安徘徊不去。我甚至後悔十月到十一月間的那番雲雨歡愉，現在要付出的代價太高昂了。我寄望澤西之行，拿它尋求解脫，不要再待在這裡，苦等電話。分手的其他可能原因：E太多嘴，傳出詆毀我的謠言。

晚間。他打電話來了，口氣極為「平常」。愁腸迴繞的空想嘩然崩塌。睡意濃得化不開。我不想再談分手了，下次再說吧……但是，怎麼能相信會有人愛我，眷戀著我呢？好像只有我的父母可能這樣子。

十日星期三

出發前往澤西。再次夢見S，夢中的我們在做愛。同樣失眠。他願意過來表示他對我倆的關係並不感到厭倦。或許，他想維繫這分關係，只因為我是「作家」。

十二日星期五

午後三點半。S還沒打電話來。我重墜二十歲、二十二歲時熬了一整夜沒睡之後的狀態，一模一樣。在澤西，這間面海的冰冷房間裡，輾轉難眠。無法擺脫昨天的那一夜，與H.S.，先是中國餐館，接著是計程車上；我總是這樣，無力反抗慾望。計程車上，我親吻了他，我默許他的手在我的大腿間遊移。不過，我拒絕了他想進招待所的要求。一如以往，我很明白我瘋狂愛上的那個人不是他，H.S.，而是另有其人，俄國人S（同樣的，八五年我深愛的是P不是G.M.）。我現在已經記不清他的動作，我只想在眼淚中睡去，因為S沒有打電話來。

十一點四十五分。他來了，停留了五個小時。好久好久了，沒有體驗過這麼完美極致的時刻，我們從來沒有配合得如此和諧。四翻雲雨，次次新花樣（房間、肛交、長時間柔柔緩緩的愛撫之後；樓下的沙發上，一樣如傳教士般的溫柔；房間裡，如此這般的觸動心弦，「我要把精子灑在妳的肚子上。」；沙發上，背後插入姿勢，配合得完美無缺）。永無止盡的飢渴，渴望這個人的身體，渴望他陪在身旁。

十三日星期六

六點醒過來。我哭了，是在知悉他八月確定離開後，第一次哭泣而不覺心痛。我醒悟了，明白總有一天他要走的，或許我們再也不會見面，這是肯定的，永遠天各一方。從九月底開始，盤據心頭的激情力量，所有的美感，那極致完美，一股腦全部湧出（寫到這裡，現在我哭了）。我感覺得到，下一部作品將是為他而寫的，儘管他已經從我的世界消失。昨天，頭一次，我們找到了屬於我倆共同的極致節奏。跟其他人，我從來沒有發現過。

昨天，聊到列寧格勒期間那兩天的行程活動時，我們發生了一點小爭執。他想看我的日記。話題又轉到了史達林、戰爭。他的父親曾經榮獲史達林親頒「勳章」……

我對什麼都沒興趣。現在，重新採買裝潢家具或盤算添購冬季換裝都沒有絲毫用處了。某些東西將到八月停止，到時我只剩寫作。

但是，還有幾個月的時間，大約兩個半月。「給我吧，再多一些，我的愛人。」皮雅芙唱著。

今晨，馬路上，手握方向盤，眼淚簌簌地流，一如母親過世的時候；還有也像我拿掉孩子之後，遊蕩盧昂街上的情景。那條人生路，我生命中的秘密大道。同樣的失落感，還無法徹底釐清，也唯有寫作能真正的釐清。

十六日星期二

此刻，我只是渾渾噩噩地為了活而活，以免錯失純淨人生，以及到今年夏天即將消失的愛戀。我怎麼能捱得下去？有點類似我二十歲、二十二歲的時候。

下午暑氣逼人，我猛吃巧克力。再次重回過去的大考情境（高中會考、大學預科考、大學畢業考），暑熱與巧克力混雜交融。同一時間，我知道這個感受是我對當時人生感到厭煩、噁心的重要因素，只是不知道時序經過三十年，這個感受卻一百八十度大轉變成了今日快樂活著（不論是過去歷經過的快樂還是能夠一直活著的快樂）的重要因素。

現在，我享受愛情，享受性愛。這已經不是一件悲傷孤獨的事了。話雖如此，怎能否定他顯露的眷戀以及嫉妒之情（我的古銅色肌膚、開車送亞蘭N回家這事）？不過，再過幾天，一切又將面臨大變動。我不禁自問這是否是最後一次。

十八日星期四

我沒出席書展的開幕典禮，此刻他正在那裡。多少是心甘情願的，我自願將自己隔絕在這場全巴黎沉浸其中的縱酒猥褻狂歡，害怕過去了，見了面彼此都不愉快。我回想過去參與過的所有慶典，一九五七年農業學校的那場舞會。一如當時——不是禮服，我缺的不是參加舞會必須穿的要命禮服——我孤家寡人，穿著晨袍，那可是件「華麗」的晨袍（五七年穿的那件是粉紅色、羊毛料的，款式近似帶鈕釦的外套），在腦海裡想像著這場我不克出席的盛會。喔，巴維斯……盛會裡的交頭接耳竊竊私語傳不到我耳際。但是，我很明白如果我去了，我將多麼的失望。以前，如夢似幻，我事先感受到的是絕對的幸福。今天，我將自己隔絕，因為我已經嘗過太多次歡樂慶典幻滅的味道，痛苦的滋味。

儘管如此，一整天我不斷地自問：去？還是不去？一定要熬過這個晚上，不要太難過。試著想像，他或許在那裡尋找我的身影，一定是這樣。不過，這一廂情願的想法立即被另一番想像抵銷，他看到那些新聞專員、當紅女作家，必然立即迎上去，不言而喻的事。上個星期，我不是毫不抗拒地讓H.S.吻了我嗎？我對他不是也有相當強烈的慾望嗎？回想事實罷了，無法提供任何慰藉。

十九日星期五

夜裡，醒過來的時候，痛苦悄悄爬上心頭。它大搖大擺地定居，在下一通電話來之前，它是不會離開的，換句話說，無法斷定時間長短。這一次，露骨的嫉妒。因為一切都已成過去，他對我已經沒有任何期待，沒有新鮮感了。這是我嫉妒的根本，明瞭自己的空洞。再一次的想要分手，企圖讓他痛苦，如果這是可能的話。

二十日星期六

克蘿汀跟我說，書展主辦單位很不高興，會場「門可羅雀」，我愈發覺得星期四晚上的心緒不寧是公正客觀的，好像群眾集體行為、展覽氣氛，跟取決於個人意願的舉動、兩個人——S和另一個女人——邂逅的偶然巧合之間存在著某種關聯。一個男

23 Pavese，1908-1950，義大利作家。

人處在逐漸改變塑造他的環境中，他對我的感覺應該會受到影響，這種認知在我腦中根深蒂固。我從來不相信愛情這感覺本身具有力量。整體而言，這是關於社會環境的卓越題材。

二十一日星期天

看著一輛輛車從眼前奔馳而去，心痛，光聽見引擎噪音，心一陣抽搐。每一輛車都將我帶進我被排擠在外的自由、歡愉的想像畫面當中。進入一個朦朧模糊、自己為他設計的、與另一個女人的幽會想像當中。但是當我確知他真的會來，他人在A十五號高速公路上時，我不再空想，腦裡只剩下一個畫面：他來了，只有這樣。

看書展。沒看見人。晚上沒事。如果他連星期四的大使館電影夜都不去的話，怎麼辦？或者他有了別人？這漫長苦痛的等待終將引發一方對外尋求刺激，夠了。

二十二日星期一

六點醒來，我知道我的痛苦，一如朱利安．索爾[24]。我重新睡去，夢見與一名年輕男子調情，然後被一聲呼喚叫醒（無疑的，是在夢中聽見）：「媽媽！」是在叫我。

這一切跟澤西、跟H.S.脫不了關係，覺得自己年紀大得足以當他的母親。

昨天在地鐵裡，整個人處在一種痛苦的緊繃狀態中，跟我前往小套房與S見面時一路上的感覺一模一樣，同一線的地鐵。但是，在那當兒，那緊繃情緒並未摻雜痛苦的感覺，只是單純地感到慾望即將獲得滿足，歸心似箭。在這裡，則有一種缺憾，一處折煞人的空洞。

他為什麼不打電話來？腦中淨是這個沒有明確解答的疑問。如果星期四到大使館都見不到他怎麼辦？他跟他的巴達維亞裔老婆一塊出門，上阿爾薩斯玩去了？或者，他不想跟我牽扯不清，不想約我見面。

晚間十點。毫無動靜，其實電話響了一次，只是我動作太慢了，沒接到。一定不是他打來的；或者是他。無所謂了。

回想起一九五二年在杜爾的時候：高級餐廳的大廳，一邊坐的是我們，旅行團遊客，土裡土氣的鄉巴佬；另一邊是一批常客，那個健美膚色的女孩，還有她的父親，

24 Julien Sorel，法國大文豪斯湯達爾名著《紅與黑》的男主角。

高不可攀。她吃著優格，這是我後來才知道的。我呢，蒼白、一頭已經走樣的鬈髮、四眼田雞，跟著我的父親以及其他遊覽車上的遊客。我發現了彼此的不同，兩個世界的真實寫照。

二十三日星期二

十點四十分。不再等待，比上次的間隔時間還多一天，無止盡的沉淪。十分鐘前，我高聲地喃喃自語：「該斷了。」驚疑不定。我將出發前往漢斯，回來後，或許——最糟的情況——無法在星期四晚上的電影欣賞會場見到他。一點一滴的，我沒入這個殘酷的想法裡：他突然返回蘇聯——不願告訴我實情，上次見面的激情表現原來如此。

二十五日星期四

六點。驚慌失措的我。預感愈來愈強烈：今晚他不會出現在大使館（原因：離開法國了；旅行中；不願意來，可是為什麼呢？）。想得到的另一可能：他挑明了無所謂，不想約我見面。更或是：他期盼與我相見；但是連續十三天音訊全無，這個想法的可能性渺茫。然而此地、此時，我還無法斷言。再過兩個半小時，一切也許就結束了。最後一封信躺在我的包包裡。這感覺總是脫不了死亡的味道，或多或少。

十一點。五味雜陳，有嫉妒、排斥，幾秒鐘內故事結束。一個年輕女人，高䠷、金黃直髮（介乎二十五到三十歲之間，S的妻子在她身旁一站顯得憔悴），他想勾引她的意圖非常明顯。她的丈夫陪在身邊，一位編輯，五短身材，八成是共黨刊物的發行人。杵在這兩對名正言順的夫妻檔中，我顯得多餘。除此之外，我的在場顯得有點奇怪（在S的妻子以及那位女子的眼中，她們馬上就察覺出我和S間有種默契存在）。後來我離開了，一個人。我再次看著大使館的那片地毯，邊走下層層階梯邊想：「好了。」我已經跳進沒有他的未來。心裡唾棄他，但是最唾棄的是我，自己。走下最後一階樓梯時，我回頭望了嗎？當然有，我看見他走下階梯，單獨一人。我望著擺在桌上的一疊廣告單說明書，假裝一副沒事的樣子。他知道我在等他，那是當然。「我們下個星期見個面。」「好。」「我打電話給妳。」「你打電話給我。」接著：「我可以給你一封信嗎？」「不好。」我合上皮包（售價一千五百法郎，為了討他歡喜買的——什麼時候我才能停止這樣的瘋狂舉動？）。就這樣。今晚，我好後悔去看這部愚蠢的俄國片。或許他根本不希望我出現。或許他根本不會打電話來。唯一的加分點：他冒著風險尾隨我，當時在場人士全都看著我離開。真的是唯一的一點。好。那我呢？該採取什麼態度？分手？威脅著要分手？保持緘默？選擇都在這裡了。

十一點半。他打電話來。沒有聲音——是他，沒錯。電話再度響起：「妳好嗎？」「好。」「我明天能來，十點可以嗎？」「好。」就這樣了，像個小女孩般滿足。

二十六日星期五

他來了，短短的時間，兩個半小時。不過，在大白天裡，這麼短已是司空見慣。感覺上，在我舊有的毀滅傾向的驅策之下，好像今天做盡了所有不該做的事：說了我昨天晚上有意分手；說了我於五二年的那個星期天，然後是五八年曾經告訴菲力普和P的，以及墮胎一事。全都足以嚇跑他。真的，聽完之後他就離開了。

我疲累非常。今晨，我半夢半醒著，彷彿置身陽光燦爛的夢境當中，感覺自己擺脫了塵世的運轉機制。我感應到了生命、人世的所有痛苦迷惘。接著，S的影像出現，他今天會來，不過，這不代表幸福的堅定允諾。

我說：「如果你想分手，請告訴我，坦白說出來，因為我已經搞迷糊了。」「好，我會告訴妳的。」這些話令我全身冰冷。或許，往後的幾個星期，他就會說了。

（關於那位編輯，我寫的沒有一點是正確的。他不是共產黨，是個中產階級子弟，而且他就快要跟伴隨在他身邊的那位女子共結連理了。因此，S不可能會想去勾引她。他身上僕役的一面，杜斯妥也夫斯基式的，解釋了他躁進諂媚的態度。）

二十七日星期六

除了將自己埋進藝文工作之外，別無出路。我的情況真的非常糟糕，所有的一切都讓我感到心灰意冷。十月初以來，對今年寄予厚望的夢幻願景；我經歷的奴役壓制；還有最慘的，眼看著即將分手。事實上，我不僅應該讓自己習慣並接受分手的可能，同時還應該祈禱快快分手，讓自己獲致平衡和諧，現在，我覺得自己好像一切都無所謂了，彷彿跟死了沒兩樣。願我不要再有慾望。昨晚，我採取了中庸的做法，威脅要分手。我忽略了引發的後果，或者說傷及自尊——他的自尊；在自尊心的驅使之下，他將先我一步，主動提出分手。要不然，就是他不願意斷絕我為他帶來的性愛快感以及內心的自豪。根據他與別人交往的舉止判斷（急切、極力想表現出讓大家喜愛的樣子，幾乎到了奴僕般堆笑諂媚的地步），或許，我應該表現出更嚴峻，甚至殘酷的態度——這會要付出代價嗎？

另一分痛，我無法放棄向世界發聲的志願，而且這兩年來，我一事無成。我不能再這樣下去了。男人、寫作，惡性循環。

我有兩件事必須做，回到卡丁內街，重踏墮胎之地，還有拜訪看護母親的那位護士。又是這樣的並排情境。至少，該把這八個月來壓在我身上的黑影去除，有著一雙綠色眸子的溫柔蘇聯人，他讓我學到了不同於豪邁哥薩克的雲雨之歡。任它去吧，引句普魯斯特的話：「智慧能找到出口。」（「生命遭受禁錮之處，智慧能找到出口。」）或許面臨了一個時刻，跟斯萬[25]一樣，感覺上我為一個男人，糟蹋了時間，浪費了金錢（確有幾分真實），只是跟斯萬和歐黛特的情況恰恰相反，這個男人剛好是我愛的那一型，但是他不值得我這麼付出。

三十日星期二

恐怖的五月份（這種無力感能回溯到什麼時候呢，八五年？八二年？）。我想，這種感受有過之而無不及：只要是跟我的婚姻沾上一點邊的東西，在在令我心生恐懼，無計消除的痛。

理智清明時刻。很顯然的，S對我感到厭倦了。轉念一想：五月十二日那天，他在我身上表現出的激情又是如此的明確。

瑪麗—克蘿德打電話來說，尚依夫上個星期五與世長辭。我不禁想，人與人之間的神秘牽扯連結，他們往生了，會放射出「電波」。星期五那天，我感覺非常之糟，彷彿被整個世界遺忘了，而那正是尚依夫離開塵世之日。從六三年七月之後，我們就沒再見面。他曾這麼對我吐露：「我沒有朋友。」

六月

一日星期四

看《美得過火》（Trop belle pour toi），劇情跟我的故事毫無相似之處，但又如此神似。走出戲院，我知道電影講的就是我，平凡的人生、男女之間的矛盾關係。我真希望能夠一直留在電影院裡面，希望這段故事永遠演不完。藝術的縮影。在我看來，影片的經典對白有：「等待一個男人真美好。」以及中午時分，在汽車旅館幽會的那段：「有人不需要吃午餐。」還有：「我是有生命的女人。我是要繼續活下去的女人。」（喬思安娜．巴拉思科[26]哭著說。）

毫無音訊，依舊。

25 Swan，普魯斯特巨著《追憶似水年華》中的人物。

26 Josiane Balasko，法國女演員。

三日星期六

我痛得麻木了。換句話說，我不再期望有好事臨門。願——儘管期盼已然落空，痛苦只是邁向幸福的路上面臨的短暫壓力，我依然滿心期望獲得幸福。

這個週末，我知道他人在哪裡。在洛赫區，羅亞爾河畔夏堤庸附近，我還清楚地看見那條通往教堂的主要上坡幹道，以及帶著孩子們光顧的肉品店（最後一次光顧是什麼時候的事，八四還是八五年？）。我知道他跟誰一起去，E一家人。所以，只能想像、不停地想像，一遍又一遍。

有某種東西的味道讓我聯想起——過去深惡痛絕，現今讓我激動翻騰的——精子的味道。五月十二日，「我能把精子灑在妳的肚子上嗎？」彷彿已經是上輩子的事了。每當我想到「他再也不會來了，再也聽不見他說這些話，那種短促、俄國式的字眼」，這些回憶就變得好殘忍。我根據自己對精液的喜好和厭惡來評估我陷入情網的程度。這樣說來，跟P在一起時，從八七年開始變得極端厭惡。而與S在列寧格勒首度交歡時，我很想把它吐到洗臉盆裡。

幸福到了最高點，一通S打來的電話，深夜裡，他人在洛赫區。有點類似布魯東[27]說的：「啊！今晚若能出現陽光該有多好！」的感受。

五日星期一

夢見一個類似旅館，或者栗樹園的地方，我搞不清楚自己的房間號碼是幾號了，是六二、四二還是六三。有人在等我，我因而感到慌張失措。我驚醒了。每天晚上——就像現在——約莫三到四點之間，我總是會醒過來；難捱的時刻。為了再次沉入夢鄉，我在腦裡想像洛菲詩大道那間公寓廚房裡的每一樣東西。為什麼會這樣，我不知道。這樣的全盤清點讓我愈來愈光火，於是我的想像中盤點行動停在碗盤櫥前面，那個安裝沉甸甸的拉門的巨大的櫥櫃。

A. M.與菲德力克兩人與我通電話時，雙雙絕口不提我的「俄國」戀情，這種噤聲在我看來像是他們知道這段故事已然成為過去的徵兆（雖然就公正客觀的角度而言，我實在看不出來他們是如何曉得的）。

如果我放棄了解（他的感受，那些舉動、態度和言語代表何種意義），在此同時，也等於放棄了情慾。同樣的，放棄了等待。

腦中重現從澤西回來的時節：我在機場等艾瑞克，剛好一班飛機從莫斯科飛來；

27 Breton，1896-1966，法國作家、詩人。

在ＩＫＥＡ的停車場裡，艾瑞克下車去買些東西，我留在車上。當時我並不知道晚上有什麼樣的幸福在等著我，或許這是跟Ｓ在一起的最後的幸福。

六日星期二

夜半甦醒。我是什麼時候夢見他脫去襪子做愛的？這個夢的涵義非常清楚：我十分確定他身邊還有一個女人。（哪個女人受得了他不脫襪子的癖好！）我在兩種揣測當中搖擺：（1）他完全沒有意願維繫我倆的關係。（2）當他有空閒，或者想見我的時候自然會打電話給我。

四點四十五分，他的電話來了：「我可以馬上過去嗎？」原來第二個猜測是對的。跟我從澤西回來的那天一樣，甚至更出乎意料。今天早上逛書店、二手環保店時，還有整個人渾渾噩噩的下午時光，對等著我的幸福（？）毫無所悉。算不上真正的幸福，該說是驚喜，心情沉澱了。肌膚相親的沉醉（我們無法達到高潮），永遠不覺厭煩。但是，為什麼他不給我一些時間好讓我能真實地擁有他，心甘情願地等他幾個小時，甚至幾天呢？

七日星期三

極度疲倦，司空見慣，無力做任何事；腦海迴盪著片段對話。狂歡後的第二天，口乾舌燥，不是因為喝得太多而是因為雲雨幾度。無知無覺——極度懷疑這就是依戀。大致可以肯定E知道一切。

突然之間，想到星期六他去參加婚禮，在典禮當中碰見女人，舞會……就算他的妻子也在場，我對他還是無法放心。現在，嫉妒的想法出現的速率非常快，或許是為了免去我守候電話的日子，那漫長緩慢的夢幻破滅過程。我自身能分泌愛的解藥，或許是為了透過痛楚來延長這分愛。

十日星期六

一事無成——現在幾乎變成了常態。這本偉大的巨著完成之日遙遙無期，兜著圈子，毫無進展。對S抱持的樂觀態度根本沒有依據，倒是我精神上的焦慮不安減少了。或許，是因為這個星期他不會打電話來了，雖然他承諾了會打。我種花植草，整理庭院，拔光了坡地的雜草，去年十月時候的回憶浮上心頭，那時我心頭滿是苦澀，因為他沒有打電話給我，我也在這裡辛苦勞動，同樣的模式。那分痛苦的過往現在回想起來卻充滿甜蜜，因為我知道當時的我錯了（之後他對我表露出極其強烈的依戀之情）。感受更深刻了，因為我又面臨了同樣的困境，不過，痛苦卻不盡相同。這感覺近似寫作。

十一日星期天

夜裡，輾轉反側。再一次地，思緒飄到列寧格勒，重溫往日的歡樂，往日的情懷。不過，那時候他在我心裡沒有任何位置，單純地認為他只是一個共度一夜情緣的男人，僅此而已。我對列寧格勒之夜的萬般緬懷，全是後來的那些夜晚和那些午後時光累積形成的，我倆十數次的男歡女愛，次次比那一夜美好。此時此刻，我恍如半身麻醉，無意工作、閱讀，連他已成常態的音訊杳然，都無法在我心湖掀起憂慮和不安。

十五日星期四

夜半甦醒，半夢半醒的恍惚狀態，事實真相湧現。對S來說，我不過是個名女人，做愛技巧一流，所以值得偶爾碰個面。這裡面沒有任何眷戀。無疑的，有一絲絲自豪，但想到自己年屆四十八，這分自豪削減不少。

我已經把澤西的那個年輕男子完全拋諸腦後，他也沒再寫信給我了。S的粗暴，想起來，或者該說是俄國式的羞怯。每回見面，所有開場客套話一律減免，連一句妳好都沒說一聲，立刻赤裸相見。十月時，在車上，回到瑟吉的一路上，他一個字都沒說，靜靜地抽菸，車速超快。這所有的一切讓我覺得自己是一隻被捕的獵物，絕望完蛋，回回如此。

十六日星期五

夜半，難過得幾度醒來。先是因為膀胱炎舊疾復發（從十月起……）。昨天痛苦難熬，人在RER快車上，尿急得不得了。這次憋尿導致夜晚病痛更甚。再來，S無消無息。此刻，專業論文、著作攤在面前，腦中閃過一個悲慘的畫面：星期天，S自巴畢佐舉行的婚禮返家後，跟他的妻子做愛。我知道她不是他選擇的（現在，我也不是了），但是她就在身邊，臥房床上。要找我的話，至少他得先開車跑四十公里，編一個藉口。儘管如此，一想到這樣的情景，我彷彿墜入萬丈深淵。唯一能得到的慰藉是讀幾頁先前的日記：相同的痛苦，甚或更糟。我希望他能更常打電話給我的要求石沉大海。經過約莫一個星期的銷聲匿跡之後，痛苦開始找上門。

十七日星期六

雙眼闔上，當美容師替我修整眉毛時，我什麼都沒想。每到某個時刻，便覺得一股鼻息吹過我的臉孔、我的雙唇，規律、迷惑。是她，她俯身貼近以利修眉工作進行（跟其他替我修眉的美容師迥然不同）。我思索著一具軀體就是一絲鼻息，那是無性的生命、慾望。我很明白這種感覺，十五歲的我要求和柯麗特互親嘴唇，「嘗嘗看是什麼滋味」。那次是失敗的經驗，我們彼此之間如此的熟識，根本產生不了任何遐想。我張開雙眼：那是一個女子，換言之，跟我一樣，只有她的鼻息使我聯想到愛情，臉孔不會。一個女人不能為自慰增添多層歡愉，從澤西返家後十二日的那個星期五，我與S共有的溫存纏綿是不能再增多的。精液的滑潤、氣味，這股夾雜著消毒水與女貞樹花海的馨香味道飄忽隱約，緩緩散去。

十九日星期一

我扳著手指算日子，一天天過去，電話默不作聲，負面跡象的陰影愈來愈濃厚。但是，他，他的時間觀念無疑地與我不同，日子就這麼過去，根本算都不算一下。儘管如此，完全不算日子這一點包含了一層意義：我在他生命裡的位置微不足道。

陽光依舊燦爛，碧空如洗，亮麗如常，這個早夏時節。今晨，我亟欲以絕望的角度看待他，一如五八年前的C.G.：想見他，跟他做愛，就算他根本不在乎我也無所謂，往後的事，接續而來的夢幻破滅、不幸，以後再說吧。

在列寧格勒之日，我從沒注意過S的年輕——與我相較——會對我產生如此致命的吸引力。那時候年輕的他笨拙非常，一夜情根本無法滿足他。這項「長處」的重要性與日俱增，但是仍威脅不了俄國血統這項「長處」的地位。

什麼時候我才能退一步，以海闊天空的心看待這一切？不過，到時候我一定無法寫出目前我筆下流洩的文字，也不會密切觀察這些完全無處捉摸，以前從未質疑，卻喚醒激情、慾望和嫉妒的人性舉動。

午後。恐怖的苦等狀態，就慾念、空洞這層意義而言。慾念非關肉體，卻可在我身體上發現得到——舉例來說，我沒有「濕」——但是我的心靈精神方面卻是空無，與肉體的我兩兩分離，獨自哭泣。

晚間。更往結束的方向邁進了一大步，他從來不曾隔這麼久沒給我電話。他去阿爾薩斯了嗎？或許，或許沒有，無知的恐懼。我寫作是為了被愛，但是我並不想得到屬於讀者的、他們的愛。因此，我可以輕鬆地在作品裡大膽直接地寫下「愛我」，就像哈里戴（Halliday）在一首我忘了的歌裡所寫的。而「他們」一定會愛我，這個走出布拉格、或者其他某個地方的研討會會場的那個脆弱藝文女子，但是我要的是我所選擇的愛情、我心嚮往的愛情，而且最好對方能不要將我和我的作家身分混為一談。

二十日星期二

六月會比五月更糟嗎？兩者相仿。已經很明白了，兩個星期裡只給我打過一次電話，這個男人顯然對我沒有任何感情可言。我強忍痛苦看清目前情況的真相，以及從我的態度中顯露的自殺傾向，因為我任由這個念頭、我的慾望糾結心頭，毫不力圖振作。腦中閃過一幕幕妒火中燒的場景。明天，我將去觀賞俄國片《薇拉小姑娘》（La petite Véra），腦中已經出現他身邊依偎著另一個女子，他在電影欣賞室裡擁吻她的想像畫面。關於電話，他從來沒有信守過承諾。總之，我正為著這麼一個人——總體而言，有點紈袴子弟味道，自信滿滿而且性慾能夠得到調節發洩的這樣一個人——在自我毀滅。不過，剛開始並不是這樣的。這完全是時日一久，慾望消退的緣故。為什麼不提振勇氣，坦誠面對這真相，然後尋求正面的後續發展呢？一如以往：「我不屬於會哀慟身亡的女人類型／我不具備水手妻子的美德……」

二十一日星期三

夢境揭示了我的慾望和我的恐懼：在公開場合裡碰見 S，共進午餐。他的手擺在我的肩膀上，我們尋覓一個處所，可以不受打攪，他非常渴望我，一如往常的他。某個地下洞穴，照明關閉，地面積水愈來愈高。我驚慌不已，我們走出洞穴，回到我家，屋裡滿滿的人。孩子們走了。我們走進我的房間，床上堆滿了物品，像大搬家似的。我開始撫摸他的性器。他態度大變，變得尖酸、冷言嘲諷，他從來沒有這個樣子過，斥責我老是迫不及待地衝過去抓他的陽具，總是想讓他到達高潮（這是真的）。之後，在夢裡，母貓綠克思出現了，活得好好的（星期五以後就沒見到她，我以為她死了，六月裡的另一重哀愁）。

二十二日星期四

昨晚電話來了，將近十點五十分的時候，他是否有點窘（聲音）？他提議下個星期見面。「我星期一再打給妳。」他會打來嗎？整個人還飄飄忽忽的，無法靜心思考。夜深人靜，輾轉難眠，我捫心自問，或許他等著我對他說不，他就此輕鬆解脫，因為踏出分手第一步的人是我，因為他沒有勇氣採取主動。一想到此，不禁好怕星期一等不到他的電話，又會拖好久。接著，我開始幻想他的身體，幻想下一次的幽會畫面（因為下午的《薇拉小姑娘》，情慾益形高漲，片中的主角也叫S），古巴舞孃在巴黎的畫面出現在我腦海，那些性感放浪的熱情島嶼姑娘，更何況他對這個島嶼還保有一種特別的思鄉情愁。我幻想著他與她們幽會，輕而易舉，一如我倆，找間旅館就行了。

真是嫉妒的深淵，痛不欲生的悲哀。十六歲時抄下的普魯斯特的名句重回腦裡：「悲哀是無聲的侍衛（……）我們與之奮戰，逃不出他們手掌心的我們愈墜愈深，而他們穿過地底通道引領我們面對真相，面對死亡。那些在碰上第二個侍衛之前就先解決了第一個的人真幸運啊！」等等……沉浸在驚恐、哀傷當中的我自慰了三或四次。然而，哀傷仍迴盪不去，疲憊支配不了懸宕的心，我無力起身，無力看清S究竟是一個「愛把妹妹」的尋常花花公子，抑或是一個「容易上鉤」的大男孩，其實，這個難題根本不存在，只要那些古巴姑娘，據說，夠勁夠辣。

下定決心（重讀星期一早上的心情）。如果他再三搪塞，不願定下會面日期，我就提出停止見面的建議，坦白直接，不卑不亢。當然，這是孤注一擲的賭注。如果他來了，卻表現出沒有多大慾望的樣子，我也要採取同樣的行動，大聲說出或者預先準備好一封信交給他，也可能什麼事都沒有，完全取決於他的態度。

二十六日星期一

從早上開始，幾乎可以確定這通電話不會來了。我覺得這個情況似曾相識（一月初？還是三月？）。一如以往，同樣的理由，他不克前來，因此沒有必要多此一舉打電話來。置身這種焦慮的煎熬當中是最慘絕人寰的事——真是如此？——這情況還可能會拖上好幾月。總之，最終的極限該是他回蘇聯度假。

二十七日星期二

我又面臨了生命中最黑暗的日子，也是最不能公開的日子。失去母親有悲傷的權利，甚至為了綠克思，上星期失蹤的小母貓，我都有權利悲傷；但是，因為S的不聞不問導致的心碎、哀傷，我卻無權表現出來。今晚，淚水、一死了之的衝動、發現大腿不再堅實的恐慌、知道自己注定年老色衰——也就是說，注定孤獨老死的恐懼交雜。我肯定見不著戈巴契夫了，而S身邊肯定有了別人了，這都是可能的事實真相。我已經整整三個星期沒見著他了，此時我沒有旅行計畫，跟四月的情形不可同日而語。分手的時候到了，因為，很簡單，想要終止痛苦。

晚間。看《四二年的夏天》（Un été 42）。每部片都離不了愛情。淚水奪眶而出。「我真的不應該再跟他見面。」旁白的聲音響起，總是同樣的老故事。說不定我的故事也一樣老套。

二十八日星期三

到今天，我跟S認識屆滿一週年，那是在艾琳的家裡，約莫下午五點半（他遲到了），當時對他沒有任何的印象，誰知兩個月後……

我總以為自己已經瀕臨痛苦的極限了，後來才知道完全不是那麼回事。今晚，深夜裡醒來兩次，痛哭失聲，內心的焦慮鼓漲得彷彿心臟都快要爆裂開了。六三年的義大利浮上心頭，或許那時候更糟，無法得知。不過，有什麼需要知道的呢？他的漠然就是一切，什麼理由，工作或另有女人，都已經無關緊要了。我的傲氣散盡，因為他沒有邀請我參加戈巴契夫的歡迎酒會。

二十九日星期四

他等會兒過來。昨晚夢見我帶著一個全身赤裸的孩子在依夫多的共和大道上散步，準備去看醫生？或是上教堂？在夢中，我跟S有約，一如現實世界。眼前是一個碩大的十字架，耶穌受難的十字架。難以闡釋其中含意。

我的人生橫亙兩條時間流，一條沒有約會，痛苦坎坷；另一條——就像今天——腦筋空白，沉浸在渴望即將成真，而且美好得出乎意料之外的驚喜情緒裡。但是，昨晚我高興得哭了，高興地獲悉，原來他並沒有真正地把我一腳甩開（這句出自「讀者心情投書」的話，對我是多麼的殘酷）。

十一點。下雨了。好怕被放鴿子，好怕他出了意外。到頭來空歡喜一場；或者該說，準備了大半天全都是白費功夫，裝扮美麗無人欣賞，苦等無果，在在都是最恐怖的折磨。而每天，母親必然忍受著這煎熬在等著我，在她生命的最後幾個月。

十一點十分。愈來愈焦躁難安，打洞機噪音響個不停，蓋住了往來車輛的引擎聲，我聽不見他的車聲。行禮如儀前，慣常的恐懼，而我不知道還有什麼比這更可怕。

正午。無疑的，他不會來了。長久以來，六月一直是最黑暗的月份。在這種溫暖、陽光燦爛的日子裡，我從來沒有感到如此的可悲過。

午後四點。他來了，因為必須送某個人到機場而遲到。停留了大約兩小時後離開。「妳的兒子嫉妒我嗎？」他也一樣，集三千寵愛於一身，難免遭他人嫉妒，但是，他比我強悍得多了。他整個人，該說幾乎整個人吧，憂憂惶惶、汲汲營營為的全是自己的事業——除非他刻意掩飾了花花公子的真面目。不過擔憂我倆關係曝光，不正是他非箇中老手的最佳明證嗎？還有那些襪子，今天穿的是高統襪，一直拉到膝蓋下頭，深色調（勾起我對母親的緬懷）。問題仍懸而未決：我到底喜歡他哪一點？不僅僅是因為性快感，我們可以這麼說，那已經不再新鮮了（這正是悲劇之所在）。很簡單，他就是他，他走進我的生命將近一年的時間，太短了，就是太短了。此時，為何我刻意避免在這裡記下所有能夠證明他對我依舊眷戀的徵兆——而正是這些徵兆，我奮力不懈地一遍又一遍記在腦裡——不想把自己的弱點全部記錄下來？舉例而言，我希望能把他提出的這個問題：「妳一個人出發度假嗎？」闡釋成吃醋的表現。

三十日星期五

為《人道報週日版》寫了十行關於戈巴契夫的文字。在其他時候，我很可能不會接受這份邀稿。這有點類似精神上的與S相依。同樣的方式運用在今天早晨——頭一次——我整個人蜷成一團縮在被單裡，腦中想像著昨天同樣躺在這張床上的他的身體、臉孔。濃得化不開的柔情。他表現出一種極其自然的禮貌和善（或許是冷漠），我看見他，感覺到他與以往不同，一種若即若離的愛意油然而生（對我而言，這是個陷阱，之前的菲力普即前車之鑑）。

我喜歡他不帶香菸過來——故意的？——然後問我可不可以整包帶走。我說：「多帶一包吧。」「真的？」他大大方方地把兩包菸放進口袋。交班牛郎……

七月

二日星期天

今晨，被夢喚醒。夢中的地點在依夫多的地窖：一個女孩試圖與我發生性關係，被我拒絕（那是大衛的女朋友？還是那女孩的母親？我們昨天剛好談到她）。之後，我單獨一人，留在同一個地點，開始自慰。就是這間地窖，五二年的六月，這個地點沒錯，正對著隔間的大門口，再往裡走的那個房間裡，父親用力拉扯母親想殺死她。現在，有三個男人——還沒有女人——知道這回事。這三個都是我深愛過的男人，這項告白是我愛他們的證明。

我過了一段風雨前的短暫寧靜日子，彷彿，六月天以及五月的一部分，我墜入了絕望的深淵底部，已經無法再往下掉了，因此，我得以、我有權，重新來過。或者這麼說吧，我跟過去情緒起伏不定的晦暗人生，現實殘酷的人生，保持了一定的距離。掙脫了紙圈的束縛。我也知道，幾天，或者幾個星期後，當 S 返回莫斯科時，我還是會再往下墜。但是，似乎，痛苦停滯，不增不減的階段已經開始了。

我回想起六三年的七月初，白茫茫的夏日，告別了兩個月的掙扎、動盪生活，而義大利旅程中經歷的身心煎熬卻尚未開始。這次，身心的煎熬已成過去，八八年的九月在列寧格勒。我總是拿內心的心緒狀態做比較，不管外在的具體情境。

五日星期三

一定是因為在巴黎大學舉辦的戈巴契夫座談會上沒見著他的蹤影，致使回到瑟吉後，我感到周遭一片晦暗。走進麥當勞正對面的三泉咖啡廳，內心是無盡的沮喪，對一切感到乏味無趣。我再也不想因為看不到他而痛苦，不要因為慾望、等待而傷痛，我努力地讓腦筋一片空白。

儘管我軟弱地接受了注定無望的宿命（「世上沒有愛情」，「一切都是幻夢」），有時候，濃濃的哀傷還是會將我團團圍住，就像今晚。我覺得我正在衡量這分激情的對與錯。這分激情給予我的力量讓我彷彿如沐天堂，因此，願意再度陷入苦等，陷入愛情漩渦（還能找到其他的字眼嗎？）。不過，已經較懂得克制，能事先少點浪漫遐想。我想忘卻這張臉孔、這歡愉、S的身體，讓他再度成為那個去年踏進艾琳家的遲到男子，那個夏天我連想都不曾想過的那個男子。

七日星期五

空虛攫住了我，缺乏活下去的慾望。早上醒來的時候，我知道我在服喪，為我逝去的愛。昨晚，夢過兩回。一個我已經記不清了，只知道G. M.在裡面。另一個則跟環繞著俄法關係打轉的社交圈子沾了點邊，裡面有艾琳（星期三在戈巴契夫研討會上碰見，而昨晚又見到她出現在電視上）、S和他的妻子。記得好像跟他們握了手。之後，我們一道走，有一位年輕金髮女孩加入我們這一行人，她的身材非常高䠷苗條。我想我有點嫉妒她，尤其當她一絲不掛地躺進類似睡袋或是一只箱子裡時。不過，我看見她長著男性的陽具，原來是雙性人，她對我完全不構成威脅。這夢無法解讀，除非這個女人是S的化身？（誰高䠷、苗條，又是金髮、皮膚光滑似女人？）

一切如是艱辛、痛苦，我完全虛脫，無力在下次見面時對S說：「不，不要來。」然而，我等待的其實不是約會，因為這將會是他回莫斯科前的最後一次見面。

八日星期六

我不知道我該提筆寫些什麼，甚至是否會拿筆都還是個未知數。總言之，再一次的，我付出了非常昂貴的代價。夜深人靜，一了百了的慾望是如此地強烈，道德的批判折磨如此地尖銳，我終於明白人之所以會轉而向鎮靜劑、毒品等不可思議的東西尋求解脫的原因；幸好我手邊只有一包可悲的胃藥。真正的原因並不在S——現在，我倆關係的本質已經多少獲得釐清——問題在於寫作的絕對必要性，四月底以來，活著的痛苦蒙蔽了我，讓我無法看清這個事實。換言之，我處在死亡、寫作、性愛混融的空洞世界裡，眼見著它們彼此糾結交纏，卻無力跳脫。把這分交織的關係寫進書裡。

一貫的，同樣的，夏日寂靜。以前，是等待（等著事情發生，這裡指的當然是約會）。現在，我明白了，等待從來沒有好結果，終將以悲劇作結（C.G.、菲力普、S），而我只能仰賴文字，藉由文字填補空虛。

九日星期天

這分折磨——今天跳脫了一些——源自兩個重疊的事實：寫作的必要性以及看清了S不愛我的事實。這兩件事其實是有因果關聯的。必須等到真相大白了，我才能振筆創作。不過，這一點也不是什麼新發現，單純的信仰轉變而已。我只是為了寫作放棄激情。不過從前者過渡到後者的這個過程的確殘酷難熬，也非常的曖昧不明：我仍然企盼著在S返回莫斯科之前能打電話來。

十二日星期三

十二點。明天，離上次與S見面將屆滿兩個星期，從那時候起，他音信杳然。或許正應該這樣過日子：接他的電話，與他見面，但不要等待，輕鬆愉快地享受性愛歡愉，夠了。我無法這麼活下去，永遠沒有辦法，即便真的必須要提得起放得下的情況愈來愈明顯（一個年過半百的老女人應該就此感到滿足了？）。我時間多得很，一望無際的時間，直到九月，而我還沒開始寫作，肯定是因為一開始了，等於接著幾個月要埋頭苦幹。

夢見母親，她活得好好的，神智清楚，拿著一床摺疊床墊，正在攤開。接著夢見了一列火車，我出門旅行，身旁坐著一個瘋瘋癲癲的傢伙，我換了座位。

十三日星期四

夜半，尤其是夜半驚夢，不願醒過來，想要重新沉入夢鄉一直到痛苦消退，到傷痛淡化——也就是說，我的部分人生歲月——過去了。矛盾的慾望：停止老化。幻想著性愛，無法熄滅的慾火。是的，當然囉，還有這個，尤其是這個：與S相依偎。從今爾後，我的期盼——我最微小、最謙卑的願望，不管是多麼有傷尊嚴——願能見他最後一面，只要一小時就好。然而，這個願望也夾雜著旁念：就算他九月份會回來，我也不要再見到他了。因為，我終究得控制一下自己。

想到「痛苦的床」，我清醒了。我真沒用。我在幹什麼？此時此刻，我對世界有什麼貢獻？愈來愈清楚地意識到自己瘋狂地戀上一個野心家、鐵石心腸者，更糟的是，還驕傲得不得了。但是，這些我老早就知道了，根本算不了什麼。

法國大革命兩百週年紀念活動展開了，我沒獲得任何單位的邀請，而就是在這種時候，我剛好真心希望能夠用虛榮心麻醉自己。明天電話若沒來，再創「最久紀錄」。放一片四葉幸運草在給他的信裡——如果我們還能再見的話。喔！浪漫城市少女之情謎，願能獲得不可能的幸福的秘方。

十四日星期五

最慘的酷刑：慶祝活動，到處都是慶典。廣播、電視、報紙不厭其煩地反覆放送慶祝活動的熱鬧情況，而我的痛苦，在今天凌晨將近五點時達到極限，再也無法忍受了。我重新躺進被窩，眼前出現我的激情和他的冷漠。我的驕傲和對自己嫌惡到了不如死掉算了的地步，眼淚奪眶而下。分手是絕對必要的。往後，此情之不可追憶，每個回憶都只能帶來痛苦。這分空虛必須吞下，過去幾個月來只是一場空（而慾望竟需花費如是長的時間來窒息……），在在讓我了無生意，或者說剝奪了繼續活下去的生趣。此外，我發現我的直覺還相當準：五月中旬「有事」發生了（同樣的，十一月底也有事發生），將他徹底地從我身邊拉開。

兩大難題：「如何停止傷痛？」和「如何把他的心找回來？」答案不盡相同，或許，除了這一點：找機會對他說一切結束了。這類宣示通常都帶有再次征服對方的願望在裡頭……

午後三點。今晨，他打電話來，正當我腦裡轉著最黑暗的想法的當兒：「恭喜，國慶日快樂！」漂亮。他在幾分鐘或一個小時之後過來。人生，荒謬的人生，這一切將一再重演。七月十四日！法國大革命、俄國大革命，去年十一月（人使館的慶祝酒會結束後，他過來）。五年前，是P，同一個日子。好像男人對攻陷巴士底獄這個事件特別感到興奮。歡笑，我要與他一同開懷大笑。然而，笑聲過後，是失落、痛苦、空虛。

十五日星期六

下午三點二十五分、三十分的時候他來了，大約在晚上八點十五分左右離開。五個小時，他那邊表現出的慾望比去年冬天稍稍減弱，我卻如在天堂，一如往常地陶醉在彼此的愛撫之中，無休無止。昨天他時間充裕，換言之，彼此的交談多了些。悲劇，疲憊至極。昨晚躺在床上，我覺得自己像塊石頭，想動也動不了。他的痕跡充斥四方，我沐浴其中，完全不想做任何事，更別提寫作了。相隔十五天我們才相見，現在這已經成為平均值了。不過，還是八天比較合我意。要知道他的妻子能滿足他的需求……或者還有另一個女人呢？「女人很難搞（難追到手）。」這句話有什麼深意？他曾試圖追過，無功而返？還是他費盡了千辛萬苦才追到另一個女人？一般而言，他不知道如何輕易勾引女人。在我倆發生關係之前，我一直相信他是個害羞的人（往列寧格勒的火車臥鋪上面對一個他必須同處一室的女人，阿巴特街上對著一個向他要一根香菸的嬉皮女孩，剛開始的時候都是這樣）。但是，羞赧也有成功的時候，我就是明證……何況，在列寧格勒的那一晚，全都是由我採取主動。今晨，我彷彿重回六三年時光，離開聖希來爾—杜維之後，全身軟綿綿的，他的身體輪廓還印在我的身體上。說實在的，這種喪失了自我意識的狀態，好比酒精或毒品成癮，是最令人念念不忘，卻也是最危險的，至少對我而言的確如此。

當然，令我迷戀上他的原因相當多樣，然而，我看到了他粗獷的溫柔。他的年輕勾起我對他的愛憐，更把我過去羞愧的雙十歲月找回來給了我。相對之下，我現在的生活充滿歡樂，充滿他的蘇聯民族性。

十六日星期天

為他而寫作。但是成效不佳，至少今天是如此。現在我已經習慣了，虛擲光陰已經絲毫不感驚惶，也沒任何罪惡感。今晚，因為一項巧合而心緒不寧：電視播放一個介紹俄國教堂的節目，一位修女說她在薩葛斯柯獲得上天的開示，「跟墜入愛河沒有兩樣」。我也是，在薩葛斯柯，在那間聖像博物館裡，只不過我愛上的不是上帝。

二十日星期四

了無生趣的感覺席捲睡眼惺忪的我。而奇怪的是，這幾天對人生的厭惡儘管強烈，我卻不曾有餘暇真正地靜心思考（亞維儂，星期二和星期三，熱鬧歡樂的氣氛）。一個二十歲的男孩對我流露出點點慾望和仰慕的跡象，「牽引機」和蜜雪琳的公共關係比任何東西更使我著惱，因為我的腦海、我的身體裡面只有S一個人而已。

重讀去年的日記：高明不到哪裡去，非常空虛。這樣仍舊無法撫慰自己。我開始因為S的無聲無息而感到心痛；上次約會後，又過了一個星期，六天了。此時，我打消了為他而寫作的念頭，我要為了遺忘他而寫，為了擺脫他而寫，他依舊以沃羅斯基的面貌出現在我面前。

《位置》（La Place），與我的原意相距頗遠。心緒觸動的唯一時刻，就是當我想到那些人在這裡，坐在長椅上，傾聽我父親的故事，他的人生縮影以及箇中意義的時候，黯淡的——而且，我想，還是痛苦的（因為他是失意的，跟我現在一樣，那些在他母親周遭的人，個個也都一樣，是失意的，勒布家一族）。的確，我報了一箭之仇，為了我的家族……

二十一日星期五

一個星期。夢見與丹妮爾．拉封（她昨天寫了一封信給我）聯袂度假去，我跟一個傢伙做愛（不知他是不是牛郎，我付了錢？），之後，我怕得要命，好怕自己染上愛滋病。接著S出現在夢裡，但是我已經忘記他是怎麼來的，模模糊糊的。

二十三日星期天

重新翻閱六三年的行程，在羅馬，等菲力普。聖希來爾—杜維不像列寧格勒，不完全像。但是，我卻再度體驗了同樣的苦苦等待，還擁有同樣的渴望。隱隱約約的，昨日的我，在羅馬，其實就是今天的我，兩個男人，一樣黑影，S的比較長，比較溫柔。

關於列寧格勒那晚和 S 相遇的記載，與一個二十三歲的女孩的遭遇同出一轍，地點：羅馬。跟六三年同樣的抒情，同樣的美妙。這分神似讓我心驚：我跟 S 會變成什麼樣子？我不能說男人使我沉淪，讓我沉淪的是我的慾望，臣服於（或尋找）某個我猜不透的，誕生於肉體的結合之後旋即消失無蹤的恐怖東西。

二十五日星期二

將近十點二十分的時候，我已經完全放棄希望了，他的電話卻來了。真奇怪，感覺是如此地平凡無奇，然而當晚，我對他的渴望卻是異常強烈。我夢見了他：「你想做什麼？」「我想要盡情玩樂。」夢中的他說，意思就是要做愛。電話線上的我表現得若即若離，好像他來不來我都無所謂似的……其實，我滿腦子都是他。

二十七日星期四

十點半。昨天，有個念頭嚇得我一身冷汗：「倘若今天是最後一面怎麼辦？」整個晚上，這個疑問盤據我心。「現在算什麼呢？」於是，我就像現在一樣，轉而專注在我倆即將共度的這幾個小時裡——或許，這是最後的幾個小時了。而當我開始要度過這段時間時，我感到每一個時刻，除了用來做愛之外，其餘都是巨大的浪費。

我也知道自己為什麼會這麼離不開S，他是那種不想牢牢主宰我的男人，保持了一定的距離感卻又溫柔甜蜜，是父親（就像我的父親）和金髮白馬王子的結合。在薩葛斯柯的時候，我應該考慮再三才對。如此美好神奇的俄國男子，就這樣賜給了隱匿在我內心深處的農家女靈魂。

九點二十五分。我心裡很清楚，但有些事只要沒說出口（或白紙黑字寫出來——在文學上，既不見委婉迂迴，亦沒有弦外之音之義），這些事就不存在。之後，事情便沒完沒了了。從慾望和我倆性愛的角度出發，這是一個非常美好的夜晚，還有電視畫面當背景（一如五八年電視播放著達利達（Dalida）的歌，「我走了……」）。當我對他說「我好喜歡跟你做愛」時，他呼喚著我的名字，然後說：「我也一樣。」原來，明白的滋味就像個老惡魔倏忽出場，換言之，就是毀滅的滋味。我對他說：「Ya tebya lioubliou。」（「我愛你。」）他用俄文回答，我沒聽懂，請他再說一次：「只有瑪莎？」「是的。」於是，我說：「這正是我要離開你的癥結所在。不過，你將不會感到悲傷，因為你很強悍。」他再次回答：「是的。」是分手的時刻了。這番話將我整個擊垮，其餘沒有任何能稍作安慰的話，除了：「我下星期打電話給妳，妳會在嗎？」旋風似的，我清醒了。他在我眼裡成了花花公子，俄國大情聖，粗暴（其實也沒那麼粗暴），縱情逸樂（有何不可）。我對自己說，我竟為了一個在離開前問我：「可以把放在桌上那包已經開封的馬可波羅香菸帶走嗎？」的男人浪費了一年的光陰和金錢。我們總是會走到這種地步，無論是二十歲也好，四十八歲也罷。不過，沒有了男人，沒有了生命，又能怎樣呢？

今天，我戴上了母親的訂婚戒指。之後，我想她或許從來沒有這樣的經驗——我的手（右手，以免引發任何與S結成連理的幻想）在性愛過程中所做的一切。現在，我開始思考這項行為的奇異之處，完全無意識的、由深深的慾望所驅動的本能的動作。我只把戒指當成一個護身符，絲毫沒有褻瀆之意，此舉絕無褻瀆神聖盟約之意。已故母親的戒指見證她向來斥為無恥的性愛場面，儘管她的心裡無時無刻不在想這個。

女人的年齡問題一直是他心中的一個結，不可否認的，這也算是他探詢我年齡的一種表達方式，比他大上十二歲，將近十三歲。儘管，起初年齡根本不是問題。

二十八日星期五

一切顯得愈來愈難以承受。雖然如此，還是對自己說，這是段美麗的愛情故事，往後我將體認到自己有多幸運，能有機會跟一個漂亮的俄國男孩做愛，而且配合得水乳交融。為什麼都這樣想了，我還快樂不起來呢？此外，還有愛的感覺……夢見一個房間，S跟其他人在裡面。郵差小姐有一件要給我的包裹，沒有人願意幫我拿，我只好一個人去領。裡面是一支非常漂亮的鋼筆，綠黑相間。透露的含意再明白不過了：唯有寫作……殘酷。寫作變成一種手段，為我贏得愛情的同時，無疑的，對我而言，也意味著愛情的結束。

昨天，雲雨交歡的後半段為之前的歡樂蒙上了一層陰影。舉例來說，他抓起我的頭髮，兩隻手，好像我綁了兩根髮辮似的，然後在射精的瞬間微微地使力拉扯。我們常常彼此注視對方。在房間裡，他顯得不再懼怕鏡子，反而開始攬鏡自憐。

三十日星期天

灰色星期天，陰雨綿綿。思路毫無頭緒。我不再任自己幻想未來的幽會情景，思念S，整體而言，其實就是拒絕再分析我的內心感受。然而，我也無法專心地思及其他，慾望無法滿足，腦筋因而一片空白。

夢見自己費勁地抬著一只皮箱上火車，地點在美國。月台和火車階梯間的空隙太寬。花費了雙倍的力氣與精神，我終於順利地搭上了下一班火車，皮箱也保住了。我真能保有那只皮箱——S——同時寫作？

八月

二日星期三

十點四十五分左右電話響了，當時我正在看電視節目《Océaniques》，介紹一九二四年到一九二八年間的俄國電影。他說八月四日過來，驚人的歷史重演，一九六三年。在我的下意識裡，某些東西始終如一，儘管二十六年時空相隔——等待和強烈的性慾。S的年齡，相對上的年輕，也占有一席重要之地。在施展男性雄風和溫柔的征服時，那代表著男人的持久性。如此溫柔的肌膚、髮絲，他擁吻著我，就像十八歲的時候，躲在依夫多墓園邊上僻徑，D的唇印在我唇上，一模一樣的感覺；而他對我的渴望一如賽斯地方的那些男孩，而且表現得比當時的某些男同學出色，當然也比在義大利那時候的菲力普高明多了。

因為寫作的緣故，我的生活方式才與眾不同？我想，是的，甚至墜入最深的痛苦當中。不過這並非絕對——這正是悲劇之所在。

三日星期四

歷史沒有重演。結果他三日就過來了，就在下午四點十五分（一直待到晚上十點）。我的肉體精疲力竭，心靈卻與他分不開。對我倆做愛的瘋狂方式感到震驚不已。相當罕見的，距離上一次約會才一個星期的時間，他就再來了（我記錄這些細節，是為了跟先前的紀錄以及不可知的後續發展做比較）。頭一回，我有一股衝動，想要把他在枕頭上濡濕的那條痕跡保存下來。他吸吮我的乳房，激烈的程度前所未有。他一絲不掛地在房間四處遊走，絲毫不覺困窘，他還提到了我最後給他的那封信。不過，一切仍舊尚未明朗，我找不出愛的佐證，愛情本來無從證明。

四日星期五

怪異的夜，謎樣難解，肉體的愛在我身上產生了前所未有的效果，也許可以比擬服食毒品後的症候群。首先，我的雙手與雙腳變得沉重不堪，彷彿被一輛貨車輾過，或是大塊泥岩壓過似的；我無法成眠。接著，我在半醒半夢的昏沉狀態下，整個人被埋進——或者該說摔進——土裡、天空裡，管他的，總之是這個世界裡。我與某種碩大的東西合而為一，我的身體彷彿不斷地擴張、延伸，沉重如舊，卻幸福洋溢，並不覺得自己翱翔天際，或隨波逐流。領略了肉慾天性之重，它的動作，美妙絕倫的感受。七點半我意識完全清醒，渾身虛脫，思緒混亂。悲慘至極，那還用說。

八日星期二

假期空洞到了極點，思緒不禁穿越時空回到年少，甚至童稚時的無聊假期，從五一年起（一九五〇年的暑假是我擁有的最後一次歡樂假期）。拿各式各樣完全沒有實質意義的活動來殺時間、遮掩煩悶，閱讀即其中之一。後來，暑期寫作竟成了填滿這段死寂光陰的工具。

剛剛醒過來的時候，最先躍入腦海的是搭乘遊覽車的那一段回憶，又是大眾交通工具，接著是變成俄國人的那一段。意識逐漸清楚，倪容[28]的話如醍醐灌頂：「我跟你們說，人無聊得很！」我想到母親的躁鬱症，想到她對繼續工作的堅持，想到我本身對於行動的需要，無一不是有用的東西，對人類尤其有用。政治文章、社會運動喚醒我為社會獻身（對於愛情，我同樣義無反顧，至死不渝）、為他人奉獻的志向，也告訴我學習之必要。

九日星期三

我作了一個俄文的夢，我開口說了一些俄國話，連思考用的都是俄文。至於說些

28 Nizan，1905-1940，法國左派作家。

什麼，我已經想不起來了。接著，夢見了昆恩小姐，她是我念聖米歇爾寄宿學校時，國中一年級到三年級的歷史老師。我一時找不到鞋子，最後終於找到了（暗喻「重返浮華世界」？）。

昨天，我撕毀了所有寄給 P 的信，是他拿回來給我的。驚訝地發現，我的信篇幅竟如此之長，而當時我正埋首創作《一個女人》。我知道這些純粹是一般往來書信，不過信中卻沒有任何客觀的跡象能夠判定這一點。

十一日星期五

我的公公去世了，今早送交火化而我並不打算去。我為了昨天來過的 S 而選擇留在這裡。該說些什麼呢？除了痛苦，現在，他已經確定將在幾個星期後離開此地。美麗的故事即將步入尾聲，瘋狂激情、柔情款款，一切終將化為烏有，一如沒有任何波瀾的光陰靜靜消逝。下午的電視螢幕上是《桃樂蒂》、《舊金山街衢》、《正義伸張》、《革命日誌》之類的節目，反正總是同樣的東西；而我們在做愛、吃東西，滴著汗盡情愛撫，四片嘴唇黏在一起，無法分割。是的，這是多美麗的故事啊！昨天，對我來說，肉體歡愉的高潮又倒退了一點。至於他，或許有值得激賞的表現。這並不代表什麼，唯有慾望是真實的。

我沒有變。昨晚，我彷彿覺得自己又是在聖希來爾—杜維之後的那個我，同樣的話浮現腦海：「這分多少象徵他來過的疲憊感」即將消失。

他十點半離開，比上一次又更晚了些。好怕她發現這一點。

天空灰濛濛的。我的心靈、我的精神永遠保持著二十二歲的年齡。悲劇，當然免不了。因為我無法像過去那樣「等他回來」（腦中浮現這首歌，〈迦瑪克管理員〉（Le guardian de Camargue）這首歌有一句歌詞是這樣的：「美麗的女孩，等我回來……」我為自己放了這張舊單曲唱片——那是五六年時候，跟G. de V.的事情了。之後，五八年間，換成布拉特（les Platters）的歌，對象也換成了C. G.。六三年，每每聽見「我的記憶力減退／已經記不太清楚了」，以及「爪哇女孩」時，我激動莫名。」再過四年，我臉上的皺紋更深，更年期症候群愈發明顯，而他，正值四十歲的壯年期，虎狼之年。

「妳帶給我很多，很多。」他說。我大概猜得到他的意思：他指的是性愛、肉體。其影響力跟其他一切相比，對我來說，絲毫不遜色，只可能更巨大。

昨天，發現這條縐巴巴的內褲，當然來自俄國，我不禁緬懷起六〇年代。藍色為基調，加一道白色寬條紋。或許是為了矇騙他的妻子……或許他根本就不在乎這些私密性的細節露出馬腳——不過大體而言，這個可能性很低。還有他的襪子，從不離腳。我絕對不會說出任何傷害到他的字眼。若不小心說漏了嘴，我總力求彌補，深深自責，總之，這種情形只發生過一、兩次，不會超過兩次。對他而言，我同時扮演著母親與妓女的角色。

十七日星期四

一連三個星期四碰面，這個星期四他不能來了，這個星期都不可能來。我再度墜入無所適從的痛苦當中。渴望見他，慾望如此之強烈。眼看著往後的時間不多了。幻想著相見無期的分離，往後的日子會是怎麼樣？淺淺的睡眠，夢未間斷。夢見母親，朦朧飄忽，她瘋了，拚命地想要逃。她遞給我一個小相片本子，裡面是「塵封的」照片，換言之是悖離現實狀況的影像，有日內瓦家裡的、依夫多的照片等等。夢見一間屋內颳起狂風暴雨，在場的有菲力普的太太莉迪。春夢連連：我人在里爾，里爾變成現行犯、盜賊的大本營，芝加哥的翻版。我跟一些年紀很輕的女孩一同奔跑，翻越沙丘、空地，趴在地上逃避一夥強盜的追捕，事實上，根本看不見強盜的蹤影。我們逃進一棟房子裡，房子的門廊下站著一個男孩，他正在給一個洋娃娃脫衣服，那個娃娃相當大，男孩走到我身旁的那個女孩旁邊，相當不起眼的一個女孩。他插入她的體內而且立刻達到高潮，那畫面恍如限制級電影的大特寫。我看著精液流過外陰部。我非常驚訝，那麼一個「乖巧」的女孩居然就這樣出其不意地任人撥弄（這是當時閃過腦海的用字），絲毫沒有羞愧或傷痛的表現。她是誰？過去的我？我一直嚮往成為的類型，但我卻擺脫不了傳統的束縛，一直到很久很久以後才得以放開？

看著艾瑞克老在那裡監視著，我無法接聽電話，不禁大為惱火。母親、丈夫、兒子……而當艾瑞克十月離開時，我知道S也將離開，到時候就沒有必要再將此處保留成私密空間了。

前天晚上，躺下來的時候想：萬一最近S來得比較勤，原因不是他即將離開，而是他「另一個情婦」剛好出門度假呢？這個想法即刻讓我感到全身冰冷，它推翻了一切。然而，這個想法——永遠無法獲得證實——跟偶爾出現的其他想法一樣，永遠只是個想法。

試著回想他的手勢、表情：

每當他表露出對我的渴望時，緊抿著雙唇微笑，多半是假笑。

他搖著頭說：「喔！不！」的樣子。

當他欺近準備要親吻我的時候，夜已極深，他的臉如此溫柔，如此無邪，雙唇微微開啟。此時，我倆都已瀕臨虛脫的邊緣，慾望卻急遽升高。

他說：「妳聽看看！」惱怒的模樣（聽聞東正教神父赴監獄為罪犯「洗滌心靈」一則——他根本不信這個，摩尼教派舊思想）……

十八日星期五

杳無音訊，八天了，經過前三個星期的繾綣溫存之後，日子變得難熬。他在安得烈家嗎？還是他有「任務在身」？我把每一篇日記用錄音機錄下來。這些在激情壓抑之下寫出的字句，我何時得以與現實接軌？錄音無法縮短等待／慾望的時間。甚至比無所事事地在大白天作白日夢還要糟糕。

頭一次看Canal+電視台播放的色情電影，沒有透過解碼器。一開始非常驚訝，竟能看見（非常清楚，尤其當攝影機近距離拍攝時）大特寫的性器畫面。缺乏激情，頗為機械化，因為我聽不見對白，所以看起來比一本情色小說還不如，沒有全部看完。然而，今晨那些畫面卻如影隨形，有如解釋詳盡的使用說明。親眼目睹真人示範的成效比從文字當中衍生想像更卓著。最撩動人心的永遠是男人在女人肚子上射精的畫面，「我在她身上灑下平靜、精液，如河川涓流。」（《聖經》）。

十九日星期六

我的恐懼、驚駭：他打電話來對我說：「我要回莫斯科了。」或者「我們不能再見面了。」要不然，就是等再過一段時間，當我到佛羅倫斯的時候他走了。這個疑慮肯定會破壞我的假期。

二十一日星期一

恐懼更甚，好怕他已經離開了——自然是毫無預警地離開。昨晚，電視播放一個介紹KGB的節目。我的腳下恍如裂開了一個陌生的巨大深淵——那是我在他的生命中應該占有的一小塊位置！他是否背負刺探情報的任務仍是個未解之謎。我竟然曾經是KGB情治人員的情婦，還有什麼比這更浪漫的？但是從過去幾個月的情況看來，這仍只是我不切實際的想像而已。或許，完全想偏了。說不定我寫的信會被當成值得保存的資料，最低程度，被歸入「淫穢」資料，西方世界的腐敗……

二十二日星期二

凌晨時分有夢，撫平了S引燃的焦慮：我任由密特朗對我大獻殷勤，內心翻騰著不少的嫌惡和逆來順受的忿忿不平。我們一起搭乘地鐵，上不了車——太擠了——接連兩輛車走了，第三輛遲遲不見蹤影，只好到月台上的快餐店坐下用餐。這個時候，我才認出密特朗來。另一個夢：P遠從匈牙利給我帶來一件漂亮的紅色滾邊白色洋裝，正是他會做的事。

二十三日星期三

這次，將醒之際出現的夢境卻使我眼淚差點決堤。事情發生在樓下，我頭枕在S的膝蓋上，用俄文寫信給他，嘗試那些我熟知的文字，起承轉合。偶爾，寫錯了，再修正，就這樣我該寫「t」的地方寫了「m」。這在夢裡是多麼的清晰啊！內容呢？寫了我愛你，而他心裡只有他的工作，rabotal（俄文：工作）……我仰起頭，他的臉孔是如此溫柔，與現實中的他一模一樣。我們在扶手椅上做起愛。

灰暗、恐怖的一天。明天，兩個星期了，而所剩的時間已經無幾。他在哪裡？我又陷入六月間經歷過的驚恐，甚至更糟，五月間的酷刑。我無法排除他沒說一聲就返回蘇聯的揣測。不通知我，寧可捨棄承諾，避免訣別場面。一想到此，我如瘋了一般，痛得發狂。星期六以前若沒電話，就要認真考慮這個揣測的可能性了。

二十四日星期四

再一次的，我又往壞的方面鑽。昨天，十一點四十分時他的電話來了，當時我正在陽光下讀《世界報》。當下是什麼？整個晚上，整個深夜，我不停地自問。這個當下——現在——就是當下／未來的總和；今晚，他將成為當下／過去，真恐怖。愈想到後面，把握當下的心益發急切，進而打消了我進一步探究那些我倆一起做愛的午後時光在他心裡代表著什麼的念頭。或許僅止於此，是的，僅止於做愛而已。

我很想記錄下自己對於每次幽會的想法，預備動作的點點滴滴：（1）我該穿的洋裝。（2）我該準備什麼吃食。（3）他來時我該站在什麼位置（也預測他所站的位置）。安排這一切讓約會變得更加美妙，將生活提升進浪漫奇情文學的層次。先得要負擔得起這些奢華排場才行。

現在時間三點十分，還有一個小時。

晚上十點半。現在，癱軟無力，思緒飄忽，就這樣了，約會結束了。他去了羅馬、佛羅倫斯了！而且剛從亞維儂回來。該如何說呢？純屬巧合，還是他想要了解我的曾經？我無從得知。他十月離開，他希望兩、三年後還能再見到我，甚至「在十年、二十年、三十年後，我播的第一通電話就是給妳的」。

三十日星期三

天空陰暗濕冷，晴朗的天氣上星期五就結束了。我準備採買過冬，度過他離開的時日。分離已然開始。而同一時間，我即將出發前往義大利，跟去年一樣，同樣的出發時刻，所以，這裡將籠罩著相同的男孩氣息，艾瑞克過來這兒苦讀，大衛找朋友來玩。多希望一切都尚未發生，感覺上我好像將再度起程去莫斯科，過去一年的光陰再度循環。永恆的再出發。

三十一日星期四

無論如何，太陽還是露臉了。昨天，跟上個星期不同，當我在庭院做日光浴的時候，他沒打電話來。壞預兆，這個星期他不會過來了，而再過兩天，下個星期，我就啟程了。不禁要想，也許這趟義大利之行後，再也見不到他了。今晨，聽見〈失落的小舞會〉（Le petit bal perdu）這首歌，淚流下來了，並不是緬懷布爾密[29]的年代——我的大學預科時期，我的雙十年華——而是因為即將失去S。五八年，我荒謬絕倫地等待C. G.，我真心的希望用一年、甚至兩年或三年的時光，讓我變得更「美麗」，更有教養，更有自信。現在，我只會變得更形容枯槁，更軟弱。我唯一還能寄望的是，寫出更「美好」的作品，擁抱更多的「榮耀」。那個時候來看，這些東西完全不值一哂。

昨天，大衛的朋友過來打橋牌之類的。我不禁回想起十月間的某個夜晚，我還沒接到苦苦等候的電話，那時候比現在更難熬。如果不是摻雜了痛苦和不斷的猜疑，我的熱情可能不會維持這麼長的一段時間。儘管有其他的徵兆佐證，花花公子大情聖的猜疑總是一閃即過，或許是因為他笨拙的舉動所致。不過大情聖與否都已經無關緊要了，剩餘時日無多。

午後五點。雨聲滴答。最糟的是，對男人味道的渴望如秋天野菇的芳香，潮濕濃郁。立刻想到幾個星期後，這味道將被永久剝奪。還有在我面前攤開的一切，俄國、想像中的他的童年回憶以及屬於他的年輕氣息。

九月

一日星期五

陽光和風，八九年的美麗夏天正悄悄溜走。既然我說了美麗夏天，我想這個夏天將永遠會這樣地保存在我的記憶裡，儘管當時我一事無成，缺乏計畫，只渴望S。

生日——四十九歲——「逼近」五十大關，恐怖的十年。這一年的願望有容易的，也有困難的，寫一本書，「總集」——或別的——雖然我祈禱要勇往直前，朝這個目標邁進，但是書的整體結構依然尚未成形。還有在美麗的蘇俄戀情接近尾聲的時候，日子能過得更有活力，更興味盎然，同時也希望他回到莫斯科後能繼續按時打電話給

29 Bourvil，法國演員、歌手。

我，十月、十一月間希望不要有類似過去五八年間那樣折煞人的空虛出現。

今天他打電話來了，大約十一點四十分的時候。帶著一種神諭的昭示，無畏任何性質的障礙、距離以及年齡、國籍，跟最糟的——時空相隔。

四日星期一

今晚，我不再計較四十九歲這年紀了。一切都無所謂了。曾經擁有這段深深的依戀，這無法用言語形容的溫存，真的，也只有溫存而已，當然還有肉體慾望。但是，跟他在一起之後，從來沒有分離過。我精疲力竭，徹徹底底的。啟程前往義大利，像六三年離開聖希來爾—杜維之後的時光倒流。注定要頻頻回溯？這個疑問，今晚，在此，我想都不願去想；總之，是段美麗的故事。

五日星期二

我把他的誕生日記送給他。這分體貼的心意讓他雀躍不已，還帶著一分無盡的愛。循環封閉了嗎？就像十月、十一月的時候。他曾說過，「妳真棒」；在當時，有著彼此雙唇的碰觸愛撫。我們之間有著靈犀相通的約定。我愛順從的姿勢，他掌有完全的主宰權，他看得到我的背而我看不見他，口交也是如此。還有，想要搜羅有關他容顏的記憶簡直是難上加難——而我就要失去他了。夜深人靜，確定自己應該在時代與歷史的大格局下，以「一個女人的故事」為題材創作。

「蘇聯的窘境和困頓始於什麼時候？」「始於戈巴契夫。」簡直瘋了，能說什麼呢？

我相信現在他愛上了我的高䠷身材、我的苗條體態。他愛撫我腹部的那種方式，柔情款款；當他在我的嘴巴裡面射精之後（最後一次是在十二月，我想），那深深的長吻。在重溫這些舊夢之餘，我不知道我們怎麼會走到分手這一步？「宛如失去之初被撕裂的那顆心……」阿拉貢[30]這幾句關於俄國革命的詩句，纏繞著我整整一個星期了。

不久將屆滿一年，這些時候我倆的慾望不斷地有創新發現，擁吻的新鮮法子等等。

30 Aragon，1897-1982，法國作家。

七日星期四

佛羅倫斯。我為什麼要重回佛羅倫斯？我已經記不清楚了。這個城市不比威尼斯，也沒有類似在羅馬的前塵往事。唯一的價值就是將我帶回到八二年那次的窺探奧秘之旅，那次的旅程之中，我失去了共同生活了十八年的丈夫，想要獲得自由的我，終於如願以償。但是，今天一切都不一樣了。我的心被一個男人占據，而他即將離開法國，我在他身上有太多的激情回憶。就拿今天晚上來說，火車上，腦海不斷浮現星期一的場景以及我在準備迎接他的畫面。

飯店坐落在阿諾河畔，喧囂震天，如果真要從過去挖掘一個足以比擬的心情狀態，肯定是六三年在羅馬的時候。那，「我來這裡幹什麼？」

一個早上舊地重遊了烏菲茲美術館，欣賞波提切利的畫作《春》；聖羅倫佐教堂，沒什麼可看的；巴狄亞修道院，據說是但丁遇見碧翠絲的地方；巴吉羅博物館，建築雄偉，內庭是個能讓身心獲得極致滿足的所在，還有那片情色雕刻、大膽寫實、強勁有力，是生命的謳歌。我不懂俄國藝術，太著重於心靈層面了。在河畔咖啡館點了一杯巧克力，周圍是打扮入時的義大利人，然後來了一團日本觀光客（他們總是如此令我感到不耐）。我走上維奇歐橋，前往聖靈教堂，沒開，在聖靈教堂廣場漫無目的地飄蕩。我旁邊是一片冰涼的蘭姆酒水果蛋糕，安坐在噴泉石欄之上，跟六三年時一模一樣的絕望心情，喔！天啊，請讓我心平靜，我已四十九歲……但是，我沒能躲得過。覺得這個星期將很漫長，非常的漫長。

午後，到聖十字教堂，這裡我毫無印象，除了帕吉家族的禮拜堂和西瑪布的耶穌像。喬托的美麗壁畫。有人高聲誦唸旅遊指南給家人聽。這有什麼意義？我藉機確認了我所知道的一切，但我並沒有打從心裡感到快樂。怎麼說呢？整體而言，這一切是美的、讓人安心的、具有永恆價值的，不然至少也是極富有人情味的。聖十字教堂的墓碑林獨樹一格，讓人動容。

八日星期五

早上，我恰巧碰上了聖母誕辰的盛大彌撒，到處飄揚著聖歌，點滿蠟燭，我才想起今天是九月八日，聖母瑪利亞的生日。過去，我上教堂也領聖體。還記得五三年的時候，一個晨間彌撒，天氣溫暖得不得了，我跟表妹柯麗特與米歇爾約好下午見面。米歇爾比我大十三歲之多，其實，我的激情初體驗是跟柯麗特一起共享的，不過，我一點都不覺得有什麼羞恥——現在，我比S大了十三歲。感覺上，好像遠在一九五三年的時候我就已經預知了一切，性愛、男人。男人，是的，仍然是這個主題讓身在美術館裡的我整個人亮了起來，站在米開朗基羅的《大衛》雕像前，那優美的身材線條，那微微歪斜的姿勢。令人讚嘆不絕的雙手，極其強勁有力，顯現出大衛的純潔力量。每一條肌理，每一處關節，胯骨稍稍突出的地方，這一切的一切在在對我頌讚這尊男性的軀體，藉著天才雕刻家之手化為神聖之體。有個女人說：男人的身體真醜。我搞不懂這些人是怎麼想的。

以〈創世記〉為題的壁氈，夏娃的錯，原罪，追根究柢，那根本算不上罪惡，而是極其自然的天性。十五世紀的義大利繪畫《耶穌受難圖》，照例是鮮血大股大股的噴灑畫面。這些地點全是一式的巴洛克風格。然後，是聖馬可和佛拉．安潔利可的隱修院，八二年的時候已經參觀過。精緻的清修院落，我在裡面待到兩點：沉重的圓頂，坍塌傾圮，在這片令人窒息的廣場之中；內部令人大失所望，我竟然忘了。共和廣場的多尼尼餐館，點了三明治和酸豆飲料果腹。三一教堂，黯淡無光。聖米歇爾教堂更加晦暗，奇怪。

天慢慢暗下來，涼下來了。最後，我決定第三度造訪巴狄亞清修院。我穿過門檻，踏上一條狹窄黑暗的階梯抵達室內迴廊時，有好幾個人正聚精會神地觀賞令人嘆為觀止的壁畫，畫裡是一場餐會，一根細繩綁著一根火炬，一隻癩痢狗跳上一只箱子似的東西。後來，只剩下我一個，寂靜無聲。清修院中央一棵巨木參天，將來我再重訪之日，它還會在這裡嗎？戰慄、美妙的時刻，獨處時絕無僅有的幸福和圓滿。我於是全神祈禱，願我在此地許下的心願能全部成真。當我走進教堂內部時，很驚訝地發現居然還有五、六個人在裡面。他們難道不知道裡邊有個清修院值得一看嗎？先前的孤寂之感於是顯得詭異，非比尋常，是特別的機緣。

今晚，下雨了。我從窗戶俯瞰水光瀲灩的石板街道。

九日星期六

白天稍有寒意，陽光和冷風輪流露臉。沒有特別的情緒起伏，連模糊的哀傷之感都沒有，義大利的週末總是讓我心情落入谷底。早上造訪的布歐納洛提故居沒什麼意思，逛了漂亮的安伯吉歐市集、同名的教堂，然後是古董市集，漫天喊價。在這裡要買什麼呢？過去的購物狂熱，尤其是七年前那時候，現在已經消退。新聖塔瑪麗亞教堂，驚險萬分地穿過車輛如織的廣場後，發現還沒有開放。在共和廣場啜飲一杯卡布其諾——冷得發顫。圓頂廣場和圓頂美術館。米開朗基羅的《聖殤》，畫中明顯揭示畫家死期將近。好美的《告示》（十四世紀？）描述人類理想的追求。夏娃誕生的噁心畫面，半個身子從亞當的胸肋鑽出。接著是麥第奇宮，一無是處。終於，新聖塔瑪麗亞教堂開門了，內部裝潢氣派輝煌，我愛死小禮拜堂了（大教堂像是空的珠寶盒）。我站在瑪撒其歐的《三位一體》畫像前，找了半天還是找不到聖靈。我差點忘了，今天早上，麥第奇小教堂的墓碑上妝點著非常美麗的米開朗基羅雕刻群像：面容模糊的晝之神，和夜之神——黎明之神和黃昏之神。這次，我真的感受到了米開朗基羅的天才和力量。

今晚，我後悔在佛羅倫斯安排了這多天的行程。狹隘的房間，喧囂的鄰居（一個聲音尖銳恐怖的女人，比母親的還要可怕，至少母親在室內時能夠保持緘默）。猶豫著是否獨自前往餐廳用餐，一如以往：傍晚時分，一個人，遲疑著是否下樓到大學食堂……

十日星期天

佛羅倫斯的星期天，金黃燦爛，鄉村風情，客觀說來，比其他的日子更讓人心曠神怡。不過，我想我的義大利時期——除了威尼斯外——已然結束：八二到八九年，七個年頭。六三年七月十四日，我想是吧，羅馬的憂鬱浮上心頭。離跟S見面，他喃喃對我說著「妳真棒」的那天，到明天僅僅過了一個星期。比起先前幾次，我們相隔更遙遠。於是想像著他離開法國時的心情。在兩天的旅程裡——巴黎到莫斯科的火車——我的影像慢慢消失褪色，一如新聖塔瑪麗亞大教堂內一座偏廂牆壁上以天與地為題的壁畫。

穿梭城市街道的車輛噪音總是帶來傷感。三點了，我回到飯店，內心十分明白我將會感到非常的不幸，那忠誠的、必來報到的不幸：異國的旅店，午後，孤獨……

今天早上，聖靈教堂有一場彌撒。廣場上早已被觀光客、市集攤販盤據了。聖菲力斯教堂陰暗又狹小。皮堤宮、巴拉丁美術館和現代美術館，可說無聊至極（一九世紀的僵硬繪畫）。最後，波波里花園，遍栽柏樹的園林小徑，Kaffeehaus 咖啡館裡黑壓壓的全是德國人，他們一定是衝著這個德文店名來的。一對肥胖笨拙的夫妻過來與我同桌：這女子隻身一人，那就……圓形劇場、布歐達蘭提洞穴，裡面有個巨大的侏儒，S 說他曾在此拍過照。想到僅僅三個星期前，他來過這裡，也參觀了佛羅倫斯大教堂、皮堤宮、圓頂教堂。花園的參觀行程備極艱辛，需要非常大的力氣才能夠隻身漫步一切像在誘你墜入愛河的波波里花園之間。回想起去年十月在索堡公園，以及列寧格勒沙皇避暑行宮的御花園。有時候，我堅信——說真的，這信念有何依據？但仔細想想，又覺得有何不可——無論是幸與不幸，我將繼續與 S 見面，我們永遠不會真的分離。

十一日星期一

陰雨綿綿。心灰意冷，幻想著、夢想著跟 S 做愛。

昨晚，我決意要弄個清楚，為什麼我頭一次擦 Liérac 牌身體乳液，立即引發一種厭惡之情，腦海出現「醫院的味道」的念頭。經過一番研究，排除了與母親有關的假設——一開始我以為是這個味道——找到了：懷孕期間（哪一次懷孕？艾瑞克？還是大衛？）為了消除妊娠紋而抹在肚皮上的那種乳液。困惑……哪一次呢？還是兩次都是計畫之外的、難受的經驗？然而，我一直相信當時的我是快樂的。也許這分記憶跟身體逐漸感到不適，肚子變得鬆弛連在一起了——總之，差不多是這個樣子。無論如何，這分感觸非常強烈，從厭惡之情立即出現即可得到印證，而且這種感受每次擦都會來，屢試不爽。情感的記憶不會說謊。的確？它怎能說謊？現在，我既然弄清楚了，這個味道再也不會讓我感到不快。知即自由。

下午一點半。今晨，我差一點在郵局裡昏倒。氣候潮濕黏膩，排隊，可怕的感覺：「我能支撐到輪到我的時候嗎？或者會在窗口前倒下去呢？」接著，我在電報室坐下稍事休息。怎麼回事？是今天應該報到的月經，還是因為飢餓？早餐我吃得不少，不過，昨天中午起我就沒吃東西，而且走了好長的路。衰弱（貧血？血壓？）。拖著這個身體狀況，一路參觀了歐根尼桑提教堂（聖法蘭斯瓦的大衣不夠破舊）、馬力諾．馬立尼博物館（這是誰啊？），和圓頂大教堂旁的午茶沙龍。多雨的季節，空氣沉沉的。好怕客死異鄉，死在佛羅倫斯，好怕 S 突然返回莫斯科，從此無法再見面。

昨晚看書一直看到凌晨一點，一口氣把瑟吉．杜伯夫斯基（Serge Doubrovsky）的《撕裂之書》（Le livre brise）看完。儘管一開始我老實不客氣地指責書中大玩拉岡[31]式的文字遊戲等等，我還是把它看完了。

晚間。一個星期了……今天下午，走在歐爾查諾的街道上，腦裡幻想著莫斯科機場的重逢畫面。想像的畫面是如此強烈清晰，以至於倘若事實與之不符——這樣的重相逢幾無可能——才真是讓人覺得不可思議。我踏進聖菲力西塔教堂（一個徵兆？），淚水盈眶，思緒無法跳脫。我在想，我要的愛情表現永遠是像《傲慢的人》（Orgueilleux）（難以忘懷的配樂，一九五五）片中最後的一幕場景，米雪兒．摩根（Michele Morgan）和傑哈德．菲力普（Gérard Philipe）彼此奔跑著，奔向對方。

聖卡爾敏教堂（布朗庫西小禮拜堂正在整修）旁的街道，扣人心弦，萬籟俱寂，神秘淒迷，義大利畫家利皮誕生的屋子坐落其中。聖費狄安諾—狄—卡斯特羅教堂，沒什麼可說的；史綽茲宮沒有開放；但丁教堂像極了臨時祭壇，景仰一番後，接著到但丁的故居，共三層，狹窄（一層兩房）。

當這裡的天氣跟盧昂或哥本哈根一樣時，我沒辦法喜歡這樣的佛羅倫斯。

十二日星期二

早上。昨天上餐廳吃飯，和星期六去的是同一家。「Sola？」（義大利文：一位）一個人，一如回到六三年的羅馬，我選擇獨自一個人。六二年間我寫的第一本小說，裡面的幾行字重現腦海：「她走下波娃謹路……她……她……」腦海迴盪著這個旁白

31 Lacan，1901-1981，法國醫師和心理分析師。

聲音，「她」，我是小說中的人物，打從一開始就是。讀葛羅斯曼（Grossman）的《人生與命運》（Vie et Destin）。讀完艱澀沉悶的導論，還有八百頁待努力，我開始被這股蠢蠢欲動的人道精神、未來遠景擄獲。於是我思索著：「我跟S的這一段，美得可比一本俄國小說。」

跟八二年恰恰相反，八九年的這趟佛羅倫斯行並未能將我拉離什麼人，反而讓我對他的依戀更深，不管理智如何警告。

中午。巴狄尼美術館，由於旅遊指南沒有介紹這間美術館，我也就大概瀏覽一下了事。原因在於就繪畫來說，裡面的展品屬於外來文化，一如我自身的文化。然而，有不少上乘的聖母圖像，以及一幅十五世紀的巨幅耶穌像。然後，胡亂往聖安伯吉歐的鬧區方向走去，只有在那兒，永遠感覺像在家。

晚上。美好的午後時光。爬上聖米開朗基羅廣場，陽光耀眼燦爛。聖薩爾瓦多、聖米尼亞多教堂，在我看來，後者是全佛羅倫斯最美的教堂，講壇上刻有各種奇幻怪獸。接下來的行程沒這麼舒服了，經由加里雷歐，往上爬坡，路程相當遠，一路走到聖里奧納多路才往下走進一片的古舊宅第當中，舊宅院的牆裡頭據說會傳出貴夫人喃喃地說她們就住這兒的聲音。一個開著跑車的年輕義大利男子上前對我搭訕，老是這種唾手可得的類型。Non capito（義大利文：我聽不懂）。

從觀景樓往下俯瞰，那景色之美足以媲美米開朗基羅的畫作。我一一找出所有的教堂，新聖塔瑪麗亞大教堂等等。往下走，先到波波里花園，然後一直走到還沒有來過的小島。今晚的色彩是真正的佛羅倫斯畫派色調，那顏色彷彿是從畫裡走出來的。當我打開房門的那當兒，我還以為自己忘了關燈。夕陽西下。

在找一間「佛羅倫斯風味」小餐館用晚膳（事實上，一點都不好吃）之前，我再次欣賞了聖十字教堂的建築外觀，廣場上的人潮已經散去。心想：「這是我在佛羅倫斯的最後一晚。」到處是S，如影隨形緊跟不捨。這是一段夢幻之旅，搶在現實的分手噩夢開始之先成行。也許，有一天，窗戶正對著阿諾河的這個房間會成為我的一段幸福回憶。

十三日星期三

天空再度灰濛濛一片。

凌晨四點，驚嚇中醒來。突然間，似曾相識的感覺，強烈的感受直追，當我埋首寫作時偶爾也會感受得到的那種強烈。S要來家裡的那些個午後時光，我經常窩在書房裡等他。突然間，碎石子強烈碰撞，扎嘎作響，然後是踩煞車，關上車門，踏上碎石路，進而踏上門前的水泥石階；門緩緩開啟、關閉、鎖上。他的腳步聲在走廊迴旋……他來了。我總是能夠在一瞬間，一而再、再而三重溫這些往事。我沉浸往事之中，好像我的未來只剩這些記憶。寫著寫著，我哭了，好怕他已經離開，想到此，我心好痛。

十四日星期四

昨天，啟程的日子，天清氣朗，溫暖怡人。早上，參觀聖阿波琳修道院，《最後的晚餐》，寫實派，沉重得很——史卡爾佐教堂，壁畫色澤單調，恐怖（《莎樂美》[32]、《希羅底的晚餐》[33]）。我一個人。一個小老太婆用對講機幫我開門。讀了《世界報》，我人還在多納堤，再度啟程往聖十字。極其偶然的，不知是道路指引或是無意識的行徑，經過斯丁其街，我尋回了八二年間曾經光顧過的冰淇淋店，人間美味。我在聖十字廣場品嚐我的冰淇淋，少了醜陋的停車場，廣場現在變得真美，我曾跟大衛在此試圖逃避收取停車費的收費員，只是為了好玩。我最後一次走進教堂，想要再看一次壁畫。出來的時候，在數百行銘文中間，一行篆刻使我停下腳步：「Voglio vivere una favola。」（義大利文：我要活出精采）我不懂最後一個字——豔遇？還是激情？客觀的偶然機緣再度照亮我的人生路。這句話，我知道是為我而存在的，就在那裡，就在此刻。之後，為了買一只包包弄得滿肚子火，倒是因禍得福找到了早上沒看到的聖堤—阿波斯多里教堂。義大利之旅的最後一個快樂徵兆。

聖堤—阿波斯多里教堂的街道上，彌漫著濃濃的牲畜糞便味道，有機器定時清洗。一位胖胖的婦人在人行道上席地而坐，可以清楚地看到她的內褲，非常乾淨潔白，更加突顯出她隆起的外陰部。自從母親過世之後，碰到這種場面，我再也不會感到不好意思而轉移目光。

我把這些一一記錄下來，然後心想就快要九點了吧，他曾說過，「我星期四晚上打電話給妳。」

十六日星期六

萬一他離開了怎麼辦？自從我回來之後，一直無消無息。我變得稍有動靜即驚疑不定，等待，心扭緊著，卻沒一滴淚。假設「他們」決定的是九月十五日，而不是十月十五日呢？或者，假設他早就知道是九月十五日了呢？據艾瑞克說，星期三有兩通

32 Salomé，西元七十二年左右的猶太公主。

33 Le repas d'Herode。希羅底是莎樂美的繼父，為了贏得莎樂美的獻舞，他砍下聖徒施洗約翰（Jean-Baptiste）的頭顱。

奇怪的電話，所以是十三日……我驚懼得肚子痛起來。

也許，他只是到西班牙，或者去拜訪安得烈。可是他什麼時候回來？還是，乖乖地等他打電話來告訴我，他什麼時候能夠過來。這個假設還真能安撫人心，儘管他對我是如此殘酷。還有綿綿不停的雨，雨水。陽光沒了——讓我遺忘，容許我整個下午麻木昏沉地躺在庭院的陽光也沒了。

晚間。我收到一封邀請函，邀請我蒞臨九月末的蘇俄電影欣賞會，但這無法證明什麼，我完全無法確定上面的字是出自他的手筆。三不五時，我陷入悽慘的境地，淚不停地流。回來兩天了，他依然音訊杳然，星期四他沒打電話來，等於宣告了死亡、幻滅。我記錄這些的當兒，堅信他已經離開的想法瘋狂地將我團團圍住，而我在佛羅倫斯等待著與他相見的心情變得醜陋不堪。

十七日星期天

很快的，明天，一年了；一年前，我飛往莫斯科，緊跟著有了後續的發展，這是我們所謂的命中注定，而命運也只是接續的連串行動，在行動中我們不屈不撓地堅持往同一方向邁進。想要了解普魯斯特的天才，必須經歷這一切，《愛爾伯汀失蹤了》（Albertine disparue）。我切身地領略了《女囚》（La prisonière）和《愛爾伯汀失蹤了》

〔我比較不喜歡《潛逃者》（Le fugitive）這個書名〕的情節。還沒有人對我說，「S. B.走了」，但是我知道，假如我打電話到大使館，或者跑去參加九月二十八日的蘇俄電影欣賞會，會面臨到什麼樣的狀況。我現在的情況跟母親剛過世的時候差不多。我了解自己在五八、五九、六〇年掙扎的痛苦，換言之，當時的痛苦是無法言喻的——然而，我無法了解這分瘋狂，對男人的這分幻想。對於我會這般眷戀S，而且眷戀如此之深，同樣不解。只知道我更往虛無處轉，更往浩瀚宇宙的源起核心靠攏（迷思！）。Voglio vivere una favola……真諷刺。

晚間。他三點的時候打電話來。之後，我花了一或兩個小時整理思緒，好不容易回復到三天之前的那種平靜心情，一心想到他已經回去莫斯科時擄獲了我整個人的焦躁憂慮和厭世的念頭。為什麼老是往壞的方面想？難道我注定永遠是會被拋棄的孩子（被誰？大轟炸時被母親？）？世上還有值得活下去的理由，正是如此。我不帶任何幻想，相反的，我不認為他會自布魯塞爾打電話來，更不相信他會問我能否過來（「這有點困難」＝俄文的不可能）。今日，所有指向他會有一通電話過來的預兆都證實為真。

將近一年了，我不停地夢想。再一個月，我將從夢想中清醒。拉辛[34]的這些詩句，

34 Racine，1639-1699，法國戲劇詩人。

如此瑰麗美妙，曾令十六歲的我愛不釋手，而今我要再誦唸一次：

一個月後，一年後，我們將何等傷痛
天啊，重重大海將我倆分隔。
白晝重臨，黃昏逝去
泰特斯（Titus）將永遠見不著貝芮妮絲（Bérénice）了。

二十日星期三

今天，吉兆並未成真。身在布魯塞爾的他沒有來電，當然也沒問我能否過來。我忍受著這分情慾的煎熬，如同我筆下的描繪，同樣的付出，而每一天只是更往盡頭靠攏。十月十三日，反正我將於那天出發前往德國布罕莫，十五日才回來，剛好是他離開的日子。正因如此，嫉妒之情揮之不去（他在布魯塞爾會碰到什麼人……），這分關係先天不足，注定么亡。

二十三日星期六

今天，我為日記錄音了——二十六年的心路歷程——過去與現今就這樣接軌了。

這不是什麼歷史，完全是以自我為中心的傷情篇章。然而，我知道因為有它，我才得以和其餘的世界溝通。最近幾天來，我不斷地閱讀，淚水再也忍不住。S沒有從布魯塞爾打電話給我。而他肯定已經回來了。甚至，我已無法確定我倆是否有機會見面說再見。我自問，難道S比P才更可能是把我推向「悲天憫人的創作」的那雙推手？那種俄國小說呈現的美好憫世情操……

二十四日星期天

焦躁不安。時間所剩無幾，而他卻仍舊悄無聲息，他的消息能讓我喜獲重生幾天或幾小時。夢見我去大使館欣賞俄國電影，放映的是俄文版的《一個女人》，女主角不是米雪琳・盧珊，而是一個名不見經傳的女演員。導演手法極端寫實，文章的內涵表露無遺。S的座位不在我旁邊。有人在一旁敦促我跟兩、三位俄國作家交換一下有關戲劇的意見，其中一人是畢多福[35]，瑪麗也在。感覺上，好像有人邀請我訪問俄國。

今天下午兩、三點鐘的時候，距離在薩葛斯科我第一次渴望擁有S的那個日子，剛好將滿一年。眼前彷彿又出現了那些聖像，我身上的那件Sonia Rykiel藍色毛巾裕袍，以及腳上趿著的「拖鞋」，我感覺得到S的手攬著我的腰。突然間，閃過一個

35 Bitov，俄國作家，一九九一年的普希金獎得主。

想法：何妨是他呢——把那旅行時間前後倒置，將時空永遠一分為二的那個人？那是一隻仍感陌生的手，不像現在的那隻，光滑柔軟。

二十五日星期一

三星期前的那個星期一，我是那麼的幸福快樂；三星期後，我再也無從期待，他將返回蘇聯。從那個星期天起一直沒有他的電話，我絕望到了瘋狂痛苦的顛峰。喉間卡著焦慮，眼淚不聽使喚，好怕好怕星期四在大使館看不到他，或者像五月那次一樣（那次是我自己搞錯了，但是當時的我根本無法分辨事實與表象——而那又是什麼樣的事實……），忽視我的存在。昨天，米雪兒的快樂，她與K. G.共譜戀曲的期待，加遽了我的痛苦。去年十月間，譜出戀曲的人是我，當然，結局的殘酷也屬預料當中。然而，這段煎熬也意味著在此之前曾有過幸福美好的一段。

昨天，堅信，寫自己的愛情故事，活在自己的書本裡，永不休止的圈圈。

午後四點四十分。到這個星期一為止，已經三個星期了。無數次的約會，之後，什麼都沒了。除了六三年底，我猶豫不決，遲遲無法決定是否拿掉孩子的那些日子之外，我的心緒從來沒有陷入這般深邃的谷底。無從得知最是恐怖。我倒寧願他現在、就在此時，打電話來告訴我他身邊有了另一個人，我們之間完了。我向來比較喜歡「親眼目睹自己的命運」。我什麼都沒做，完全無法行動，甚至連園藝工作都做不下去。更糟的是，星期四要去大使館，而在此之前，他一通電話都沒有。母親過世時，我也是這樣，什麼都不想要，而我又不能寫一本有關他的書（我向他保證過了——無疑地，我錯了）。

晚上十點。就在一年前，將近凌晨兩點的時候，在兩秒鐘的時間裡，我將整個人生投注在這分情慾當中：卡拉里亞飯店，當時的我站在S的房門前，只是懊悔。夜裡，我醒了，然後心想：「火車停了。」我恍惚覺得自己身在夜班車上，錯不了，是來往莫斯科—列寧格勒的那班火車，去年的那個晚上。時間停頓。近來幾天，每個夜裡，死了也無所謂的念頭老在那裡。我再也沒見過G. de V.，也沒再見過C. G.，五八年的他違背了承諾，沒有跟我道再見。S呢？

二十六日星期二

幾乎整夜沒睡，夢倒是作了幾個。其中一個，我走在克羅德巴特街上，街道兩邊的住家變得非常密集，有點類似行人專用步道。雜貨店門口人潮洶湧，我的裙子很髒（黑色的那條，做園藝工作時穿的），我覺得非常不好意思。另一個夢則夢到同性戀者在互比手勢（三島由紀夫的著作《禁忌的愛》的翻版）。我起身，戴上母親的定情戒指（這是真實情境，並非夢境！）當作護身符，我需要仰賴某些物品的庇護。而我不斷地對自己說：真相或死亡。想知道，想知道 S 到底發生了什麼事，停止繼續活在這種無法置信的焦躁當中。

二十八日星期四

十點十分。昨天十點電話響了，因此，有了十二小時的充實生命，「我擁有了」。我的意思是，等著與他相見其實算是一種擁有、一份財產，而其餘的時間裡，我則「一無所有」。只需要「活著」就行了，竟是這麼的難。這時，平時縈繞腦海的猜疑：他有別的女人？這是最後一次嗎？全部一掃而空。昨天，電話裡的他顯得生硬、心不在焉，還是冷淡。

下午兩點。幾番雲雨過後，結果一如往常正多於負。但是，為什麼我還心存幻想？我倆之間就只能是這種關係。他在書房裡穿衣整裝，還一邊巡視他的背、他的臀部，這時我彷彿被一種棄置一旁，或者說自慚形穢的情緒所籠罩，進而心生忿恨，痛恨自己竟為了這個男人而浪費這許多時間（從三月開始，我開的介紹法國作家羅布—葛立業的課程告終），這個男人的眼裡只有我的屁股和套在我身上的名作家光環。他坐在我的書桌前，想看看我寫些什麼，這些東西將來或許會放進我尚未著手進行的書裡。

今晚有什麼計畫呢？因為儘管他希望我別去大使館（「我不會去。」「那部電影爛透了。」一是真是假？），再一次地，我決定要「親眼目睹自己的命運」。

晚上十一點。命運未卜，凶兆遮天。他在那裡，並非如他所說的去看波爾車伊的芭蕾舞表演。電影，爛透了，是真的（我們沒看完）；瑪莎沒來……事先與人有約，老婆和情婦都不會來？他的眼神定格在一位女子身上，成熟、高䠷、苗條、金髮……他喜歡的類型？喜歡女人主導一切？好像我不了解他似地……今天，有新鮮姿勢，有意思：坐著，兩個人背對著背。我的生命裡從來只有大情聖。

今天，我終於得以確定他經常——臉上帶著最誠懇的完美表情——說謊。

二十九日星期五

我的書裡面的結局，除了《位置》與《一個女人》之外，通常是平淡無奇、毫無價值的，與其說是作品的總結倒不如說是創作中斷。或許，儘管非我本意，與S共譜的故事也面臨了同樣的命運。昨天，我好沮喪、好厭惡自己，居然跟他一起看電視，

TF1電視台播出的白癡遊戲節目，好比《精打細算》[36]，我才發現他的人文素養缺乏到什麼樣的程度。同一個晚上：電視播放的電影其實相當值得看完，他卻覺得無聊得要死，不停地動來動去，表現出罕見的緊張不耐。

我沒能及時踩下煞車。恰當的時機應該是在聖誕節前後。到了三月，變得困難起來，因為折騰人的春天來了。

十月

一日星期天

這個月結束時，一切也將完結。無消無息。再也聽不到那聲帶著俄國口音的呼喚：「安妮。」不再等待車子靠近的聲響，午後的腳步。現在，我回顧這一切：一年了，一年前的那個十月一日，我準備第二天在聖日耳曼—特布赫教堂前跟他碰面。他好像穿了一件牛仔褲，配綠色 Polo 衫——我記不清楚了，但是他笑意盎然。我當時就已經相當喜歡他了。他當時非常地愛慕我，然後才慢慢地覺得厭煩，也許還「背著我另外有人」，最後終於離我而去。這一切多麼的簡單明瞭，而現在一年容易又十月，庭院裡飄著藍色紫苑花和泥土的芳香。我處在一種痛苦潛伏期裡，粗枝大葉的人準會錯以為那是肉體上痛楚，有三個可怕的念頭直欲將我撕裂：（1）永遠見不到他了。（2）

為了一場單戀「虛擲」數月。（3）與頭兩個月相較，因為自己不再被人那般渴望、那般愛慕而覺得受到侮辱。半夜醒來數回，四周一片漆黑。

五日星期四

我已經踏進分手階段，更慘的是，覺醒的階段開始了：十二月初，我就該了斷一切的。但是，這樣的說法很荒謬，因為我無法否定下面的認知和感受：七月和八月那段期間，尤其是八月，我倆有過美好的日子。就算走到現在這個境地，我仍舊希望，至少能夠再見最後一次面。但是，最後一次見面時該怎麼想呢，對於他不應出現在電影欣賞會的謊言又該如何處置呢？現在，我已經可以確定在他與我交往的期間裡，他身邊還有其他的女人，但是，從什麼時候開始的呢？

不要再緬懷去年此時，試著繼續過日子。一想到我可能見不到他最後一面就膽戰心驚。這段情起於我的任性，純粹的肉慾、一夜情，而現在卻以徹夜無眠、說不出的痛苦作結。

觀眾上台猜物品價錢，猜中即可得大獎的電視遊戲節目。

六日星期五

九點。又是一個得捱下去，了無生趣的日子，這一切都是我的錯，因為我無力讓時間停頓，我順從地接受了他是「主宰者」的絕對權威（他什麼時候愛來就來，電話也是愛打就打）。終究，在這種壓迫之下是沒有幸福可言的。於是我想，或許他的離去對我來說反倒是一種解脫。「當希望落空時，黎明再現……」可是，只要還有一絲絲能再見到他的希望——好比五八年為了再見C.G.一面，然而我在房間裡從早等到晚，他終究沒有現身與我道再見——我將再次面臨崩潰的狀態。

九日星期一

昨天晚間六點，電話來了。接完後，立刻全身發軟，好像十天來累積的所有緊張、痛苦逐漸緩和減輕，而這段回歸平靜的心緒運作令我元氣大傷似的。就這樣，約好星期三下午。無疑的，這是最後一次見面了。我真想凍結這兩天的時間，這樣的等待是空前絕後的。士兵將出征上前線；戀人訣別，所有的一切皆不允許他們在一起……我怎能捱過這些？星期三，還會有慾望嗎？

十日星期二

晚間。我想明天是最後一次了。一年前，他與我一同自巴黎回到這裡，這間房子裡，那是第一次。我哭了。一年！這分激情折磨了我一年，而我，其他什麼都沒做。夏天，從七月中開始，整個人完全沉迷於盡情享受這分激情的慾望中。再一次，膽戰心驚地自問：「現在怎麼樣了？」那時候——現在當然存在——充滿了光明的前程和恐懼：每當與他相聚的三或四個小時匆匆溜走時，見到他的幸福以及無法再見面的痛苦摻雜。腦海想起一首無聊的歌：「再見，並不代表永別……你的美麗眸子怎麼會有這麼許多淚……」再見永遠意味著永別，因為大部分的時候，我們無法預先分辨出何者是再見，何者是永別。再一次，恍若將赴劊子手之約……

十一日星期三

四點。倒數計時即將開始，我準備大大的慶祝一番，香檳、爐火以及離別的禮物：雷諾瓦的《煎餅磨坊》（Moulin de la Galette）古董版畫。要分手卻又不至於太過傷痛的唯一方法就是：把道別弄成一個歡樂慶祝會。

十二日星期四

還有時間……他要等到俄國革命紀念慶祝會結束後才能離開。往下沉淪，演變成虐待和受虐的變態性遊戲，不過，動作輕柔，不見暴力（因為肛交和「正常」的床笫之合，讓我遍體鱗傷，在某個時刻，我還以為自己要被撕裂了呢）。他說：「安妮，我愛妳。」我並沒有太在意，因為那時候正在做愛，不過那正是真相所在，唯一的真相、慾望的真相。早上，害怕他太太在他身上、襪子底下（！）找到頭髮，也害怕他發生意外。他的生命對我來說極其珍貴，現在，我開始非常擔心俄國的情勢發展，擔心往後幾年必然會有的驚人變動。到時候，他會變成怎麼樣？

我在梳子上收集到四根他的頭髮，腦海立即閃過「崔斯坦和伊索德」，很想把這些頭髮縫進一件衣服裡面，一如依莎的金髮藏在長袍裡。Voglio vivere una favola（我要活出精采）……他一進來，我們就在書房的地毯上做愛，互相替對方褪下衣裳，感覺愈來愈美妙。他要離開的時候，我幫他穿上衣服（為他扣上袖口的釦子），接著我倆相擁接吻，那樣子包含了多少柔情。他離開的時候大概是十點十五分，或是十點半。之之後，我睡了不到兩個小時。

他穿著一條俄國式內褲，寬鬆、純白，還有一條大大厚厚的腰帶。我拿到手上之後立即辨認出這條來了。

十六日星期一

時間向前飛馳，他卻沒來。德國之行惱人至極，布罕莫這地方倒是相當舒適宜人——老實說，是我自己不太搭理人。法蘭克福的辯論會爛得要命、一無是處，完全沒有任何建樹（當然，這我早就知道了），而且還有一個為自己的店鋪辯護的詩人大肆攻訐我。他的名字，我忘了。

或許是因為他怕我再送他禮物，所以他不再來了。記得我宣布「我有一個禮物給你」時，他說了：「糟糕！」那真是一個百無禁忌的夜晚……要不然就是他覺得我倆狂風驟雨似的做愛方式和達到高潮的瘋狂樣子，有失他的顏面。或者是車子拋錨了，還是……還是單純地為了另一個女人之類的理由，一想到此我不禁全身顫抖。

無休無止，在這片溫暖的秋陽之下，樹木閃閃發亮，我想起了去年的此時。我好想把這分激情轉化為我生命中的一個藝術結晶，或者說因為我想要把它變成一個藝術精品，所以這分婚外情轉變成了激情（米歇爾・傅科[37]：「有為的君主，將他的人生轉為藝術結晶。」）。

37 Michel Foucault，1926-1984，法國哲學家。

十八日星期三

空虛的日子，今晚我哭了，因為恰恰一個星期了，而且很快的，我就會失去任何期待了。日子一天一天累積，他沒來。下午一點，電話響了，我跑去接，對方已經掛斷。我起先還以為是法蘭姬·羅塞，她是來自東德的女子，已經比約定的時間晚了兩小時，我已經不想再等她了，她才剛抵達瑟吉，結果不是她。

下午的後半段時光與她在一起，必須穿戴整齊、整理頭髮等等，在在令我沮喪不已，相形之下，上個星期三真是一大對比。去年此時又該怎麼形容呢……至高的幸福，巨大的驚喜，晚上出其不意地到來。我倆的關係裡，驚喜已不多見。事先約定已經是定型的模式。然而，不管是定型的預約，或者其他任何形式，能見到他比什麼都好。

十九日星期四

八點五十分，一聲「安妮」。四十五分鐘之後他抵達這裡。接到這通電話之後，我高興得跳起來、手舞足蹈，打從我很小的時候，早在青少年時靦腆、手心冒汗，大學女生的矜持出現之前，我就不曾這樣忘形了。因此，這分歡樂一定是近乎奇蹟出現才足以讓我找回孩童時代忘形的喜悅，或許可以回溯到更早，至一九五二年之前的雀躍。

晚間。又是一整瓶香檳見底，跟上次相較，他威士忌喝少了一點。持續的創新姿勢、動作：我把香檳倒到他的性器上，我幾乎可以肯定還沒有人對他這樣做過；肛交。他大驚失色的模樣深印在我腦裡，當時我對他說：「無論何地，無論何時，你都可以要我做任何事，我一定會給你，為你做到。」他差一點掉下淚來。我從他的嘴裡咬出一塊他正在吃的東西，他為此而感動不已。

或許再一次，僅僅一次……別讓我再想起這一切，這似海柔情、語意不清的字眼，或是每一個具體表現出這分柔情的動作。還有皮製扶手椅上宛如高空特技的姿勢，頭下腳上。我身上有追求完美和勇於創新的性格——目前這些性格大展所長的範圍，在這麼短的時間裡，恰是愛情天地。

二十一日星期六

從盧昂回來，在盧昂的那天最高興的時刻莫過於三十年後得知，中學的大冰山——那個可怕的 R——跟學校校長 F 小姐竟然是同性戀。

面對倒數計時的時刻，內心驚惶失措，最後的期限是「十月革命」紀念日。很奇怪的，事先圍堵痛苦擴散的效果：我把 S 當成過去的菲力普，我離開他時（在我倆結婚之前，之後），他扮演的是一個近親、如父親般的角色，好像什麼都無法將我們分開。

買了一套黑色針織套裝，美極了，為他成為大使館裡最美的女人。去年的回憶湧上心頭：早晨，我在拉羅雪的街上散步，我走進春天百貨，我走在飯店坐落的灰色街道，我走在馬賽的街頭，步入一家露天咖啡館……這一切恍如昨日，vtchera（俄文：昨日）。

二十三日星期一

人在巴黎的時候，艾瑞克接到一通電話，我敢肯定那個掛斷電話的陌生人一定是他。我整個人像鬥敗的公雞，垂頭喪氣至極。跟那些類似吉哈德這樣的人碰面到頭來總是一塌糊塗，沒有意識到他的曖昧身分：他討厭自己備受排擠的巴黎社會，雖然滿心期待能再度打進這個階層。就在這個時候，我錯過了S，他原本也許今天能來。幾天來，我頭疼得不停。而明天早上，沒辦法待在家裡，而再度錯過S嗎？我怎能毫無希望、沒有期待地繼續活下去？那個我在蘇聯的頭幾天裡看到的共青團出身、我私下以為沒有個性的年輕男子，跟現在身體已經與我合而為一，而他的生命對我而言比世界上任何東西都還要珍貴的那個人，兩者之間已經找不出任何共通之處。

聖丹尼路，潮濕、硬是聯想到性：商店的牆面上，到處都是感官刺激的東西、乳膠、皮革，等等——一一映入男人的眼裡。我垂下眼睛，腳下毫不停頓，像個出租椅子的女工，然而我真想踏進這些地方，探看男性慾望的真實面貌。有個年輕的傢伙提著公事包，走進一家窺視秀場，門票二十法郎，裡面也放一些錄影帶。

二十四日星期二

收到十月革命紀念慶祝會的邀請函，時間是十一月六日。我很快樂，因為這意味著最後期限展延了，他至少會留到星期一（我想慶祝會將依去年往例選在星期五舉行）。普魯斯特描寫一個士兵幻想著挑戰流連不去的死神，坦然面對人限之日的章節湧上我的腦海。一再地寄望這個期限能持續延展下去，然而總有一天，所有的一切都將結束，每個人都不例外。

芹菜的餐前點心食譜找到了，我還以為已經丟掉了呢。保存了二十年之久，我卻從來沒有照著做過——沒有人喜歡芹菜。S愛吃芹菜。好像我是特地為了他保存這份食譜，這麼多年。

陽光普照，一如六三年、八五年和去年。我不喜歡在庭院工作，因為我無法克制自己不去胡思亂想（他是否還有別人？現在這個時候，他是否人在楓丹白露森林？）。我在這裡，可憐兮兮的，遭受期盼、慾望、恐懼的煎熬。我在庭院裡做的事與他全無關係。更糟的是，這麼久的一段時間裡，花兒生氣盎然地生長，而我倆卻相隔兩地。

夢見母親，在安養中心還是安養醫院裡，好端端地活著。

二十五日星期三

這天氣……這天氣……我指的是十月的太陽。整個下午，在庭院裡，恐懼占據了我，怕的總是相同的東西：（1）他有了別人。而這正是鴻溝所在，永遠無法凌越的孩童階段。我在一篇敘述心理分析的文章裡看到，襁褓時期有一種所謂的無以名狀的恐懼——我真喜歡這些字眼——與母親分離時的恐慌，是要慢慢一步步消除的。當小寶寶能夠在母親不在時，心裡仍保有母親的形象，這時候他就跨越了一個關鍵性的階段。換句話說，他能夠了解到實體的存在與否並不會影響彼此對對方的思念了。S不僅在他離開的時候心裡沒有想著我，反而想著另一個人……無可名狀的恐懼將永遠糾纏著我。（2）明天大使館的電影欣賞，他有意地避免邀請我（這倒是新的念頭，不過過去曾經真的發生過……）——他可能要去S.A.或是S家，所以沒有車子可用。

我收到一束非常美麗的花，是瑟吉的聖克里斯多佛圖書館送的。這份意外的禮物讓我短暫地快樂一陣，之後卻比之前更加悲哀：別人對我的慷慨贈與對照出S對我的吝於給予——換言之，他的慾望和他的愛。

二十六日星期四

十點四十五分。這些日子來，希望愈來愈薄。驚慌的我，哭了。萬一他已經走了呢？一直擔心星期一漏掉的那通不明電話，是突然要走的通知嗎？

午後兩點四十五分。第一次，我鼓起勇氣打電話到蘇聯大使館，想知道（就是這個，想知道、想知道……）今天是否有電影欣賞。答案是沒有，心裡一下輕鬆許多，原來是我的嫉妒心在作怪，不是想見他的慾望。

九點三十五分。去年，我這麼寫著：「十月二十六日，完美的一天。」今天是如此的漆黑（不過想想，我竟保有他一整年了？）。總共有四通電話，四次期待落空。

二十七日星期五

我分別在相隔十年的今日，十月二十七日（六二年至七二年），開始提筆創作了兩本書。今年沒了。昨晚三點鐘，我縱聲大哭（我大可這麼做，我隻身一人，男孩們已經走了），因為我深信他已經離開了。早上，我認為這個可能性很高；也許，下午的時候再打電話到大使館問問。另一番恐懼是：我想起那個「曾經與亞蘭德倫共事過」

的女人，他與她還有再見面嗎？星期一漏掉的那通電話讓我愈來愈擔心。這種晦暗的氛圍跟三月、五月和九月從義大利返家後的情況一模一樣。然而，每一回，我都認定自己已經淪落到最最低潮的谷底，回憶過往類似的情境對我完全沒有絲毫助益，甚至讓情況更加不可收拾，彷彿扼殺愛情的慣常不幸一再獲得印證（不管那是什麼不幸，也不管這不幸要降臨在誰的頭上）。

三十日星期一

午後三點十五分。焦躁不安、死心認命到了頂點。「他走了」，或是「他還有另一個趕在離開前急急去愛的人」。難過死了。晴朗好天氣回來了，勤奮不息的夏季。眼淚彷彿隨時準備奔流狂瀉。無以名狀的恐懼，喔！恐懼之甚。一提到關於蘇聯的一切，總是必然的心頭一陣扭曲。頭疼欲裂。假如星期五還沒有任何他的消息的話，我不敢想像自己會怎麼樣。打電話到大使館詢問將是一切希望的幻滅，所以，不可行。

三十一日星期二

很慘，我想他八成是走了。我泣不成聲——他肯定已經回蘇聯了。上個星期三收到圖書館送的花時，有那麼幾秒鐘，我還呆呆的以為是他送的，以為他又離開法國，出國了。絕對錯不了（他已經走了）。原來如此，他不願意跟我道再見。我想要確定這一切——必須打電話到大使館問問——沒有他的日子我該如何過下去。

十點四十分。電話響了，可是，他沒有打算過來。思緒自然而然地轉到另一個想法上頭：一個情婦，另一個渴望。如此順理成章。星期一將會是個考驗，我非常強烈地感覺到。但是，至少有了一些斬獲……我走出漆黑世界。

十一月

一日星期三

這次，期限不再延展，他確定十一月份返回蘇聯。再一次，我心想，不過就是再一次而已。昨晚的電話裡沒有定下明確的見面日期，所以我的心情依舊無法平復。變態的嫉妒，懼怕星期一的來臨，氣他宛如一面光滑的牆壁，氣憤自己的軟弱、自己的遲遲無法採取行動。時間彷彿停滯，定格在星期三。

五年來，只要能夠體驗歡愉、體驗成功（還有情色、嫉妒及社會階級出身），就盡量不要讓自己陷在羞愧感之中。羞愧讓一切蒙塵，阻礙更上層樓。

也想到，寫作對我來說，扮演了一個提振士氣的角色，因此，以前的我不想有任何戀情，免得喪失了寫作的念頭。長久以來——現在仍是——性愛歡愉在我眼裡是遙不可及的夢，因為我要寫作。我原諒了我丈夫縱身情慾，反正他不寫作。其他人面臨這種情況時會怎麼做呢？大吃、大喝和做愛。

二日星期四

時間往前走得從來沒有這麼慢過，而且還看不到前景。恐懼星期一的來臨，好怕看到他對其他的女人產生興趣，像五月和九月間他對我有興趣一樣（就算我當時估算錯誤，至少五月應該沒錯），好怕碰見我認識的人，怕他們看穿我的容顏、我的身體，「她停止工作了，停止寫作了」。不是的，只有我一個人知道，我已經不屬於他們那個因寫作而榮耀、痛苦的世界，而是跳進一個情慾、痛楚和渴望某人的世界了。

我看了一個電視節目《愛與性》，邀請男人現身說法。透過他們的談話，我很想了解S的行為舉止、他是否有別的女人等等。荒謬吧，的確。但是，一探究竟，找出所有的關鍵，我只想知道……

三日星期五

這個夢真的是在預告我的衰亡：一個聰慧的男子，「強壯威武」之類的，我與他共同「創造」（？）某樣東西。除了寫作和孩子之外，我還能創造出什麼？我人生裡唯一的真相，男人個個短暫停留，除了帶給我夢幻、懷想、性慾之外，如果可能的話再加上柔情，還有什麼？

想到這裡，我居然為了一個男人跑去學俄文！

腦裡不斷的、一陣一陣的，湧出痛苦又屈辱的恐怖想像畫面：星期一，「另一個女人」現身大使館，他在我面前毫無顧忌地對她大獻殷勤，我耳邊甚至飄過這樣的一句喃喃低語：「我們今天下午見。」同樣的話我聽過許多回，在同樣的地點——大使館裡。而現在，這句話不是對我說的。那麼，這些精心妝點的盛裝打扮，讓我的身影宛如模特兒般纖細的黑色套裝、黑色的蕾絲花邊、絲質的深色絲襪，名牌 Charles Jourdan 包包，還有 Dessange 美髮屋出品的蜂蜜色金黃秀髮，這些所為何來？面臨新的慾望挑逗時，到頭來這些東西還不是證明了毫無用處。說到底，這還真是寓意深遠。那麼，我是否能維持住尊嚴，不再落荒而逃，就像我一直以來希望的那樣（過去，總想掌摑、重搥那個把我忘了的男人——這跟落荒而逃沒有兩樣）。

五日星期天

連續下了兩天的雨之後，灰灰的、涼涼的。昨夜，夢見S：他約我同赴里爾（？），我們在一個房間裡，然後一同出門走到街上，在戶外，他與我做愛，倚著一面牆，之後他消失得無影無蹤。我發覺自己恰好就在克莉絲安娜的公寓下頭，而當時還是大白天（沒有男人愛的克莉絲安娜象徵著我的年齡，我只比她少個四到五歲吧）。於是我出發尋找S，沒找著。一個星期前，我作了另一個夢：他來到家裡，帶著一封藍色信箋。

今天，我真切地感受到時間往回流，奔赴明天的慶祝酒會。亦即，從他話中的暗示和舉手投足的含意，強迫自己面對事實的真相，而且我根本無力逃避。甦醒後的噩夢，亙古的噩夢：忘了某些環節的時刻、日子，頓悟到一切已然太遲。

六日星期一

十點四十分。我即將出發前往大使館。迷惑、焦躁。鏡中的自己讓懸著的心稍稍平靜。可說是透過放大鏡精心描繪的彩妝，每個人都說我穿了漂亮極了的黑色套裝。還有什麼？如果他對我不再感到渴望……更不用提愛情了。上吧，征服這個我從未真正領略過的情感世界。

七點五十分。大使館，他好像沒來。他在那兒，心不在焉地說：「我們今天下午見？」我彷彿靈魂出竅，五雷轟頂。他四點二十分抵達，快八點的時候離開。時間緩緩前移，他話說得不多，我猜不透問題出在哪兒。他的神思已經離開，這說明了一切。我挨著他的肩膀，倒在他懷裡，哭泣。這是我第一次發覺他有口臭，我心想他多半覺得不知所措，又感動吧。但是，也可能根本不是這麼一回事，也許急著離開呢？所有的空虛當頭轟炸，過去幾天的夢想皆成空。雖然他十五日才走，但是，我能肯定再也見不到他了。然而，我仍存著微小的希望。當我把今晚噴得滿是精液的兩件內褲放進一堆髒衣服裡時，我想我一定能振作起來的。

微弱、幾近於無的慰藉：在大使館時，他覺得我豔光四射。這一年的瘋狂愛戀，這一切意義何在。我們在書桌上做愛（是我想要這麼做的），是第一次也是最後一次。戴高樂地鐵站的書報攤旁，有一個女人向我乞討，我給了她十法郎，她親吻我的手——恐怖的感覺（我想到S，這出於感激祝福的舉動卻是這般羞辱，徒增我的反感而已）。今晚，一隻黑色蜘蛛，很大的一隻，出現在書桌上。我回想起六三年九月的那個晚上，在依夫多，有一隻大蜘蛛，父親不願意殺死牠，「幸福的徵兆」，我也不想殺牠（我心裡想著菲力普），母親在一旁取笑：「迷信！」今晚，我也沒殺牠。

他繫著一條姬龍雪的領帶，還有裝飾口袋的「小手絹呢」，他說。怪異的內褲，寬口，然而，據他說這是「法國款」。他還說：「這就是人生。我們能怎麼樣呢？」跟一年前的我說的話一模一樣。當我提到他在法國有過哪些女人時，再一次地，他伸手捏我的鼻子，好像我是個小女孩似的。是默認？還是因為情況完全不是我想的這樣而感到不好意思？事到如今，還有什麼好計較的呢？

七日星期二

被嫉妒沖昏頭了。認定另一個女人是造成他心不在焉，還有十月份天清氣朗的那個星期他沒過來的原因。時序才剛轉進十一月，寒冷濃霧即來報到。他十五日走，也就是說，離他車子無法啟動的那個瘋狂夜晚恰好一整年。

我無法成眠，眼淚隨時可能奪眶而出。想再見他一面，還有一線希望，儘管微乎其微。昨天，躺在沙發上，看著壓在我身上的他，瘦高、白皙光滑的肌膚與我的身體曲線配合得緊密無缺，等於是我的另一具軀體。正因如此，痛苦更形加劇。門邊上分別的擁吻，是死亡的宣告。彎曲的身影朝車子走過去，一身深色西裝，舉手拋來一個飛吻，最後的影像。我在書房聽著他的車子遠走。

「我會再回來的。」「到時候我已經老了。」「在我心裡，妳永遠不會老。」「我會努力試著不要變老的。」

因為我「是」作家，所以我受的傷害更深，為什麼會有這種想法？（我不是作家，我只是寫作，然後過日子。）

九日星期四

作了個夢：大使館的慶祝酒會（這次的酒會會場燈光明亮，有點老式），我跟S一同出席，不過其間某個時刻，有一些蘇聯人和賓客打散我們。我離開了，留他一個人在那兒聽戈巴契夫講話，我沒看到戈巴契夫。我走上一座橋，走到一半決定回頭去找他。後來，我放棄了，又繼續我的路程，邊走還邊想著我再也見不到他了。

對於想在他離開之前再見一面的念頭，內心深處並不真的抱持任何希望。星期一就已經是一幕訣別場面了，他也這樣地感受到了（甚至在離開時還舉手拋來一個飛吻）。我能企盼的頂多是一通電話。我正逐漸沒入痛苦的深淵，努力地想遺忘，繼續活下去。

書的開頭可以這樣寫：「此情無計可消除，我有過這麼一段」之類的。然後細細地描繪這分愛戀。這便是放棄了再見 S 一面的希望，而且也放棄了讓他一敗塗地的念頭，或許吧。無論如何，一個人的計畫總是相當有限。

隱隱約約，絕望油然而生。心想絕對找不到任何一本書能夠幫我釐清自己現下的生活；尤其深信：我，自己，永遠無法寫出這樣一本書。

十日星期五

「何處是吾家，唯死亡換得真情。」——克莉絲塔．伍爾芙[38]，《是處，無處》（Aucun lieu，nulle part）。

她還說：「有時候，我想，為了尋得完整的自我，我可能需要求助他人。」正是因為這分不足，我才寫作。今晨，傷痛再度淹沒了我，我糊塗了，逝去的時間再也不具任何意義，因為時間自己停了。一切的傷痛皆來自我又開始有所期待，又開始企盼，一點消息也好，儘管明知不太可能。還有因為最後的幾個星期並不如我的想像，他沒來，他背棄了自己的承諾。

十一日星期六

柏林圍牆倒了。歷史再度顯得變幻莫測。一切源於東歐，尤其是蘇聯，一年多來，這個國家總是事事出乎我的意料之外，出於偶然的巧合（但是，因為我從事文藝創作，我注定非得認識東歐國家不可，匈牙利是我踏入的第一站）。混亂將至的感應，而蘇聯的反應不容排除。當然，S的反應必然激烈，有個榮獲史達林親頒勛章的父親！我怕——依舊與歷史脫不了關係——德國統一，彷彿德國統一會導致第三次世界大戰。真巧，今天是十一月十一日。

昨天，擔憂自己的作家權益受損，S帶來的傷痛一掃而空。今天，這兩個引發憂慮的導火線，其實根本八竿子打不在一塊兒，竟然凝聚為一，而且有愈來愈明顯的趨勢。原本豐富的感官享受、生命活力、熱力激情被迫逐漸消滅，讓位給一個可以預期的體認：為了一個肯定不止背叛我一次，而純粹把我當作撿到的便宜、一個大屁股和響亮名氣而已的男人浪費時間。他再度入我夢中，地點是廚房：他對我說，他這一生只愛過他的妻子瑪莎一個女人。偶爾，儘管一切如此不堪，我仍直覺地感到，一切尚未結束，我跟他會在不可能的情況之下再度相遇，他將為我介紹蘇聯和他目前的景況

38 Christa Wolf，1929-2011，東德女作家。

以及事業。冥頑不靈，繼續學俄文。

十三日星期一

下午兩點。八九年的那個夏季彷彿永遠走不到盡頭，一直延續到十一月。「夢幻的盡頭」這幾個字活像從羅曼史小說裡跳出的對白，竟可以反映出那麼殘酷的現實。擦往前回顧，重回薩葛斯科，落至我心心念念繫在S身上的那瞬間，在那間寶藏室。擦掉過去發生的一切，抹去縈繞我心的緒念，還有那具軀體和這十四個月。重新面對我的年齡，即將開始的停經期。看著為了討男人歡心而買的套裝、襯衫，成為本來不具任何企圖的普通服裝，現在穿這些衣服只是為了追求時尚，換言之，沒有任何意義。還有兩天，但是，今天希望（見他一面）已經全無，因為此刻是唯一可能安排我倆相見的時刻。只剩下最後一通電話的希望了，連這點我也無法確定。我願，往下沉淪，直直走過痛苦的盡頭，同時走出幻滅的夢想。

夢見母親仍在醫院而我必須去看她。確切的情況是這樣的：我人在一間碩大的醫院裡，寬闊的大廳燈火通明，時間是在夜裡。有一種似曾相識的恐怖氣氛（何時？童稚時期？拉佛醫院的片段回憶，叔叔所在的肺結核醫療區？），我想出去，去義大利廣場，卻踏進了「關丹—玻夏」地鐵站。為什麼會出現這個地名？這條街我去過的次數絕對不超過三次。

十四日星期二

還有一天。嘗試著不去看清最可能的猜測，從他略帶殘酷的齒間、瞇成線的雙眼表露：我不過又是個被征服的女人，一個發洩性慾的物品。這，我老早就知道了，後來我自編自導自演了一切好讓自己遺忘。難道從記憶中抹去這一年，會比刪除困在婚姻牢籠裡的十八年時光困難嗎？恨可以簡化一切，而今愛情把一切弄得錯綜複雜。

晚間，八點。盲目地想：要走了，居然連通電話都沒有。還不是因為懦弱。我大可責怪他沒有過來，尤其沒有給我他的照片或一些東西當做紀念；當我跟他提起離別禮物的時候，他曾說過「將是一個驚喜」。真是大驚喜，原來壓根兒就沒有禮物，照片連個影子也沒見到，什麼都沒有，一點痕跡都不留。他犯了一個錯誤，以為我對他是絕對的犧牲奉獻。不論如何，我隱忍了這麼許多的冷淡忽略……沃羅斯基，他比沃羅斯基還不如。我已經落入痛苦的谷底，而現在，夢想破滅。

唯一能讓我將他這等厚顏無恥、庸俗行徑一筆勾銷的方法，僅剩他到莫斯科後給我打電話。這個願望，跟向上蒼祈禱在撒哈拉沙漠降雪一樣的不可能。

十五日星期三

沒錯，最壞的打算實現了。我為了自己的軟弱，無法在早先隨便哪天說出「不行，我們不要再見，永遠不要再見」，付出了代價。但是我真的沒有辦法說出口，任何時候都不行。濃濃的霧。我不知道帶他奔赴東歐的那班火車幾點出發。我哭了，再次覺得如槁木死灰，卻沒有絲毫罪惡感。這更慘。長久以來我一直害怕的事終於發生了，現在，活下去的支柱僅餘寫作而已，我卻不知該寫些什麼，從何處著手。我不想搞那些自憐自艾、格局狹小的東西。

就是今天了。我望著樹，草尖上的陽光（現在是十二點半），有東西在那裡一溜而過，就是現在，捉摸不定，讓我一時之間從仍懷有寄望的昨天掉進徹底絕望的明天。這一天是過去與未來的轉折點——好比死亡（跟父親和母親過世時一樣的感受，後來，為了把看著她好端端活著跟眼見她過世的那兩天連接起來，我開始寫作）。

晚上七點。為何我無法相信他就這樣一走了之，連個再見都沒有。或許原本的期限又獲得延展。換言之，我心裡想的恰恰與我先前看著他離開這裡時的想法完全相反。這兩項揣測，完全無法證實（明天早上打電話到大使館看看）。統計一下我送了他什麼東西，恬不知恥的：都彭打火機一只、一本介紹巴黎的書、古董銅板畫一幅、他的誕生日記、馬可波羅香菸，我還沒把威士忌算進去，數不清到底有幾瓶，少說也有二十幾瓶，加上最後幾次見面的煙燻鮭魚和香檳。他來過瑟吉的住處三十四次，小套房五次。毫無用處的計算，反正不管是四十還是一百次都無法改變今天的命運。今天只有分手，永遠不再相見，痛苦和醒悟——此刻，他的火車肯定正駛過德國境內，他的妻子坐在旁邊，一對已經西化的高貴品味的蘇聯夫婦。

十六日星期四

九點半。今天早上醒來的時候，十分肯定他人已經走了。這裡，在是與否之間，僅存一丁點迴旋空間。我等會兒打電話（總是把自己的生活弄得像齣連續劇）。

他昨天晚間回莫斯科——最壞的總是最肯定的。會不會跟母親過世那時候一樣，活在傷痛中比跳脫出來更好？我要用這種方式走出來。向安娜．卡列尼娜看齊，那真是最愚不可及的事了。我甚至沒有勇氣懊悔自己的軟弱無用，說到底還是情慾的痛苦，「我要把精液灑在妳的肚子上」，一邊低喊我的名字，那俄國口音。這幸福，索價太高了。

晚間八點半。愛一個人是怎麼一回事？他過來，做愛，幻想，然後再來，再做愛。

只是一個等字罷了。

撐著。一如往常地過日子。講了兩個小時的電話，解決《一個女人》英譯本的問題。然後上超市，天空藍藍的，樹木閃著金光，跟去年十一月裡的每一個星期二一樣地冷。拿了一些東西，放進推車裡；心裡一直想著自己還是昨天那個我，我必須活下去。若沒有這幾天來寫下的需要物品清單，我不會買下任何一包東西。不聽這一年來聽過的任何歌曲錄音帶，我活在另一個時空當中。我要到「三泉」買一些補藥、找一件披肩，裝作什麼事都沒發生過一樣。肯定他已經離去和他可能已經離去之間的差異，還有真相與幻想之間的區別，其實就是介乎死亡與生存之間的那道防線。

歐尚街角的內衣名店，陳列著暗紫胸罩、吊襪帶。上銀行，我前面還有一些婦女在等。她們是否長久以來一直深受這樣的苦：失去男人，失去瘋狂的愛情（「我愛妳，安妮。」「妳真棒。」「我要射了，安妮。」）。她們顯露出不耐煩的樣子，原則上，我也頻頻看錶。我只是在殺時間，時間太多了。我的眼前一片空無。

再度走過陳列的吊襪帶前，內衣的溫柔風情展露無遺。回到家中，放下採買的物品，打電話到CNED[39]。再度走出家門，到天主教救濟會的衣物捐贈中心去，手上是我打算捐贈的圍巾和鞋子，還有我特地為他買來放在家裡的那雙拖鞋。一個失業工人正把腳塞進黑色皮鞋裡，我希望這雙鞋能帶給他幸運。天主教救濟會會址裡的那分熱絡激動、誇張的動作，我早已忘記。男人、女人、年輕人大聲呼喊，試穿衣服。平日隱藏地下的貧窮，雲集於此。

美髮屋，音樂流洩。不敢多看自己，素淨的臉，濕漉漉的髮絲——歲月。報紙上的性感女人照片、羅衫盡褪。這段時間，或走或開車，感覺上仍繼續在寫出、活出屬於自己的美麗故事。眼中淨是新興都市成區成塊的大樓、高速公路。我彷彿一生一世都杵在這裡似的，過往的日子已成雲煙。

這感覺跟我在六四年間剛拿掉小孩後的那幾天非常類似。而現在，我好想睡覺。

打電話給妮可。我說：他是個混蛋！她說：不，他是個可憐的傢伙，他選擇了不打電話。我好怨她，怨她替我找到了另一種版本的說法，讓我得以消氣，得以重獲一絲絲莫名其妙的希望。更何況，這說法是如此的不切實際。

迷信地想：也許我不應該把他的拖鞋送走，好像此舉會要了他的命似的。這個想法把我的心揪得好疼。我竟如此深愛著他？

一個月後，一年後……泰特斯將永遠見不著貝芮妮絲了。

晚上十點。剛剛電話響了，有那麼一秒鐘的時間，以為是他打來的，結果是艾瑞克。無法相信他已經離去。特別是因為從他還在的階段過渡到他離去的階段，這當中

39 Centre National d'Enseignement à Distance，法國國家遠距教學中心。

沒有任何穩固不移的跡象可尋（母親驟然離世，情況也一樣，但是，我還可以想得起來停屍間裡母親的遺體）。我能體會那些失蹤人口的家人永遠不相信自己親人已經死了的心情。

十七日星期五

深夜，驚醒，臉色慘白。努力地勉強自己不去想他，徒勞無功。有一股立刻去做愛滋病篩檢的衝動，就像尋死的衝動、做愛的衝動，「至少他留了這個給我」。

擁抱整個人生——一如以往的我——備極艱辛，這遠比保護自己、繼續保有寫作能力還要困難。（然而，就算保住了寫作能力，要寫什麼呢？什麼才是真的、才是正確的？）

十點到十一點之間，一個小時的時間，我抄下了網路上所有命理大師的地址。後來，我放棄了，我寧可什麼都不要知道，因為理所當然的，他們算出的所有預言將會永遠銘刻在我的心裡。我將無法不去相信他們。網路上秀出的一週星座運勢解析愚蠢無聊，就足以讓我清醒，打退堂鼓了。

夢見一隻非常漂亮的黑貓躺在我的手稿上，還有一些我記不清楚的東西。假設：某一所學校，或類似依夫多的聖米歇爾教堂裡頭的學生，研讀了我的書之後對我說：

過去完成式已經過時了，我們應該用現在式或者過去簡單式寫作。我將這樣回答：「那麼你要用什麼時態敘述昨天完成的事呢？我用過去完成式寫作，因為我們日常對話裡用的是過去完成式。」

十八日星期六

掙扎著活下去是場煎熬。被一通電話吵醒，一個女人打錯了，她帶著奇怪的口音。只要人還活著，就心存希望，不管這希望有多瘋狂。夢見妮可還有一個女孩，跟我的父親，他還相當年輕，而且因為我們讀了色情火辣刊物顯得叛逆。這八成是伊底帕斯情結[40]。

我的問題癥結：這種狀態還會持續多久？唯一差可擬的是母親離開人世。那本關於她的書解救了我[41]。現在的情況是，我沒有權利把他寫進書裡。可是從很多角度來看，我又重新跳進八二年十月、十一月的時空裡，發現了一模一樣的創作機緣，以及一模一樣的迷失感。

40 Oedipe，希臘傳說人物，弒父娶母的底比斯王。
41 指《一個女人》。中文版收於《位置》一書中。

有些時候，我的焦慮消失了，濃濃的睡意襲來，彷彿我自列寧格勒回來後就沒睡過覺似的。接著腦筋又開始轉著莫名其妙的念頭：已經不用再清洗這個、清洗那個了，也不用再買開心果跟煙燻鮭魚了之類的。還有，也許他永遠不會再踏進這間書房、這個房間了，曾經有著那麼多的繾綣交歡。我將忘掉他的容顏。昨天剛買的白色披肩，他已經永遠看不到了。要不然就是：他會回來，回來後絕口不提史達林，身材逐漸中廣，威士忌喝得更兇，臉頰爆出紅紅的血管。我呢？在這裡，努力信守在他面前許下的承諾：努力試著不要變老。永遠維持著四十七公斤的體重；只要皺紋一加深，金箔保養或其他任何自欺欺人的方法統統照單全收。我知道他並不像我愛他那般地深愛著我，但是為了他，因為他，我願傾全力寫出一本好美好美的書。

十九日星期天

昨天，看了《費德爾》[42]，卻感受到強烈的滑稽效果，一個女演員獨挑大梁，扮演劇中所有的角色〔克羅德·德葛立安姆（Claude Degliame）〕。這次搬上舞台，因襲該劇的一貫風格，過度運用舞蹈，用極美的手法演繹主角的痛和愛，我卻無法感同身受。拉辛的詩詞，維持原貌，是唯一替本劇加分的地方。

夢見自己準備前往土耳其旅行；無疑地，這是一種移情作用，把俄國之行轉換成土耳其之旅。夢裡，我企圖賣掉前夫的祖母留給我的一條珍珠項鍊。接著，我在找一條路，弄錯了好幾回。我來到一條鐵路邊上，有些人正在穿越鐵軌，我覺得非常危險（難道和安娜．卡列尼娜的下場有關？），我順著鐵路往回走，繞了好大一個圈子才踏上正確的道路（我還可以清楚地想起是從哪裡開始走錯路的）。正確的道路沿著鐵道垂直轉折。

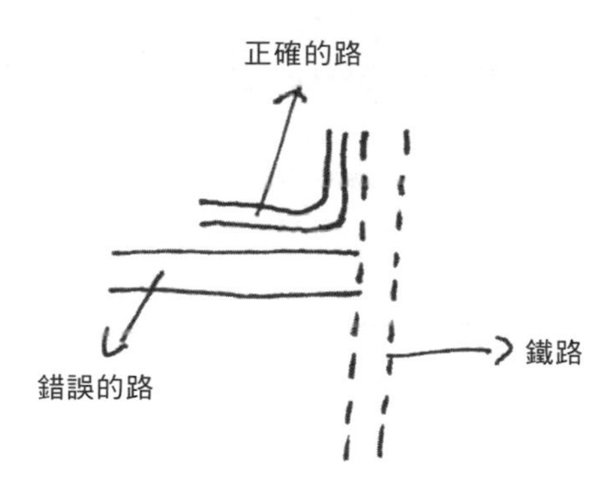

總算天可憐見，夢裡沒有S。

我驚訝地發現竟把八九年發生的大事全忘了，因此，我跑到瑟吉劇場想看莫里哀的戲劇公演。希兒蜜跑來提醒我，我卻無法記下這些戲上演的日期。這一年來，我一直在演著自己人生舞台上的戲。

42 Phèdre：拉辛的悲劇，希臘神話人物，她愛上自己的女婿，於是在激情與罪惡感中間掙扎。

我要學大部分的婦女，慢慢地晃著採買，急急想要知道有什麼電影即將上映，什麼書將上架，一、二月時，看著花兒從泥土鑽出展露新綠。這會比逛街買衣服，腦子充斥最後一夜的動作，夢想下次的幽會，等待時心緊揪著……好嗎？當然不，不然，這些年我就不會不斷地緬懷六三年的羅馬和威尼斯了。

二十日星期一

早上，不想起床，躲在被窩裡，傴僂著身子一動也不動。後來，肚子好痛。淒涼的曙光，一切的回憶在在逼我做出總結：S是個大情聖。這不是最糟糕的，其他的念頭還有：堅決不留下任何痕跡（離開時沒有留下照片和任何屬於他的東西），生怕我倆之間的關係曝光。

感覺到自己之平庸，缺乏勇氣，特別是寫作的勇氣。

二十二日星期三

昨晚，電視節目《紐倫堡大審判》裡出現德俄交戰的畫面，一九四一年的列寧格勒，蘇聯展現出令人膽寒的勇氣，傳奇性地對抗德國入侵。「我父親曾經榮獲史達林親頒勳章。」我的痛苦，認識了旋又失去了一個世界。我窺見了這世界裡過去難以想像的事物，因為這些尚未具體反映到任何一張臉孔上、或由文字說明或用雙手實踐過：共產主義理想，帶動了列寧格勒、史達林格勒的男男女女群情激昂。而這位全盤承襲的金髮碧眼的共產主義之子，絲毫不覺得穿戴姬龍雪領帶、聖羅蘭西裝對理想是一種背叛。

二十四日星期五

離我們最後一次相見，十八天過去了。還沒打破最長的紀錄：二十四天，四月和九月各有一次。不過，現在已經不用等待了，計算日子也已經沒有任何意義了。總有一天，會創下兩個月、三個月、六個月不見面的新紀錄。總有一天，拉上書房的雙層窗簾，我的腦裡將不再如每個晚上那樣，出現我倆最後一次見面時他想要自己拉上窗簾的情景。我說：「好難拉……」他說：「我來！」

夢見自己開車旅行。還有艾琳（總是和蘇聯脫不了關係）、一隻狗（是因為青少年書展大獎頒給納迪亞的《藍狗》的緣故嗎？）。無論如何我活下來了。有時候我想我可以跟另一個男人上床（我不認識的男人——或是不願意去認識的。這個態度的深層動機有：痛苦，堅信永遠見不著Ｓ了，害怕變老，對男人的渴望，慣有的和新萌芽的慾望都有）。

感覺前景愈來愈黑暗——甚至毫無前景可言，只有傷痛——離開前沒有給我電話是出於他日趨冷淡的態度，以及最重要的，不願面對我的要求的堅定決心：你要留下什麼東西給我做紀念？（我請他送我照片）

二十六日星期天

我又作夢了，這一次夢到了莫斯科的重相逢，那情景比在法國相逢還要美。說到底，這個夢的背後隱含了一切：永遠不可能重相逢的直覺，以及重相逢的力量。我以奮力投入寫作計畫，不是真心想要來一趟浪費時間的莫斯科之旅的角度出發來看這分力量。因為在S眼裡，我不過是故事外一章，我會封閉好長一段時間，但終將繼續活下去。然而，寫作的慾望、做出一番事業的企圖，或許會傾向於將我推向這個沒有希望的版本。

二十七日星期一

三個星期了。現在的我淹沒在悲哀裡，不是痛苦。為毫無希望感到悲哀，為手邊沒有必須完成的工作而悲哀，為純粹只催我老的歲月而悲哀；相對的，歡笑闕如。早晨，心怦怦地跳，噁心。無數的夢，其中一個夢到前夫一家人來訪。我在夢裡還是已婚之身，我接待了莫理斯、他的妻子、皮耶、我的婆婆。我很怕自己變老了，因為我已經有好一陣子沒看見他們了。我發現我穿得非常邋遢，老式的粉紅毛衣之類的。夢見跟我丈夫大吵，因為我拒絕煮豌豆，除非大家願意幫忙揀豆子。那是家庭雞毛蒜皮積怨的縮影。醒來後，為那段浪費在我丈夫身上的時間而心傷不已，十八年……

二十八日星期二

總是這樣，一覺醒來，又是毫無希望的一天。我聽見一首歌，從前我聽這首歌一點感覺都沒有，「是的，是我，傑洛姆，不，我沒有變／我永遠是那個深愛你的我……」〔誰唱的？克羅德．法蘭斯瓦（Claude François）？〕眼淚在一桌早餐面前簌簌地流，因為歌詞講的是重相逢。現在，S在我腦海裡的影像幾乎定型了，我們歷次相見累積固定下來的樣子，總是那般高大、溫柔、赤裸。我不相信他把這一切全忘了，某些日子的兩情繾綣水乳交融。但是，這樣想卻無法給我任何慰藉，一切想法都往反方向走，留戀的那個人已經遠走，往事只待成追憶。唯一聊感安慰的時刻，就是看著自己玲瓏有致的身材（就字面意義解釋，為了昨天拍照而保持玲瓏有致），一如S離開時的自己，穿著那身黑色套裝，為了他，我願意永遠穿著。想起十六歲的時候，五七年四月，從郵差手中接過一封來自G. de V.的信，我站在馬路上，高興得快發狂，然而，我倆從此沒再相見（後天俄國電影欣賞會時，可能會有人有S的「消息」，但沒人會告訴我，這消息和這封信兩者之間存在著相當一致的對稱性）。

十二月

一日星期五

邁入首個無望的月。上大使館欣賞《歸零城市》（Ville zéro）。整個人陷入空白的狀態，感覺不到痛，感覺不到依依舊情。這是我第一次全神貫注在電影上面。再明白不過了：不說再見，避免回應我的要求，因為在他心裡我頂多只能算是個紀念品（我想應該是個愉快的紀念吧），我是一個空出來的位置。他不捎來消息，我便不能等他。他只想來一段打發無聊的小豔史，純消遣的，可以忘卻（症狀式地購買保險套）。夢見自己寫明信片推辭一個約會（寄給誰？），草擬了三次之多。第一張明信片太過簡短，口吻太過嚴峻。第二張用母親過世當藉口，後來用「家族一位親人治喪期間」，雖然我不太喜歡這麼說，迷信之故。跟我遲遲無法下筆寫書有關。

二日星期六

無法重讀日記，那將是煎熬。記錄下的痛苦、等待，字字是希望，句句是人生（寫到這裡，我哭了）。現在，連這種痛都已不可得，我的未來僅剩空虛。要無可名狀的恐懼？還是要空虛？什麼選擇啊！

三日星期天

連番夢擾：我跟一個年輕人展開一段戀情，因為嫉妒，我在大馬路上離開了他，轉身便瞧見他與一個穿著紅色外套、藍色裙子的女孩手挽著手，狀似親密。苦澀在心。每天清早，起床比登天還難，要重新學著去遺忘。眼前甜蜜親吻的每一對戀人都絞緊我的心。這段故事，我只能看到一個青年共黨官僚愛上了我，開頭一、兩個月愛得發狂，後來逐漸變成習慣，最後演變成擔憂關係曝光傷及自身事業。我幹嘛還要胡思亂想些什麼其他的「跡象」來印證這個真相，還一一記錄在十月的日記裡？他的完全緘默，不管是持續一輩子或是幾年也好，可以確定的是，將帶我淡忘一切，這是僅餘的慰藉。

馬爾他高峰會。五年後，東歐會是什麼樣？東西德統一？蘇聯，蘇聯……該如何才能把這個國家、把莫斯科從我的腦裡和心中連根拔除？對共產黨徒高喊的口號：「前進莫斯科！」文字遊戲，「莫斯科不是這樣！」……

六日星期三

法國共產黨對作家的關愛適足以壓抑文學創作。圍堵的策略，想當然耳，作家之後只汲汲營營圖社會表現，演變到最後，成為「共黨作家」。我只喜歡蘇聯，不喜歡法國共產黨，這是很自然的。最後一次與S相見至今恰好滿一個月。他不道再見悄然離去的方式預告了我倆關係的未來：除非他有重返西方的可能，否則不會再給我任何消息了。總之，若他打電話來，唯一的可能就是以勝利者凱旋的姿態歸來（擔任某個顯要的職位）。

七日星期四

夢見自己要到蘇聯過聖誕節，到一個位在哪裡我都指不出來的小城鎮。這與作家協會提議到狄耶波住上六個月有關。我手邊有VAAP駐莫斯科的地址，但是，我覺得藉由這個管道寄書給S當聖誕禮物並不妥。最好還是——不管是出於自負或是真的想通了——讓自己忘了他，不再心存僥倖，自以為能夠不顧他的反對聯絡上他。S跟

VAAP的主任契特維利科夫是非常好的朋友，契特維利科夫曾因為隸屬KGB組織而在八三年遭密特朗拒絕入境擔任外交職務。我覺得（沒有就字面而言的具體證據）S不屬於KGB組織。在某個程度上，我向來不把永遠保持神秘面紗的蘇聯政治外交事務跟女人搞新情史算到一塊兒。我唯一確定的競爭對手是他的「事業」，在這片改革聲叫得震天價響的時代，想要保住飯碗，的確困難。

九日星期六

夢見花園下雪了（或許因為昨天我學了一句「大地鋪上瑞雪」的俄文，sneg（俄文：下雪））」，還有小孩在大樹底下（他們在做什麼呢？），而我必須走下樓到地下室的車庫（我的車庫在戶外啊！）。要把夢境記得一清二楚非常困難，除非在剛醒的時候努力地回想。只記得從松樹上成塊落下的雪塊，巍巍顫顫。

十二日星期二

什麼時候晨光才能停止它現在這種深深絕望的樣子？然而，在起床之前，躺在床上的我總能輕易地想像出他的身體、他的臉孔，而且清晰異常，卻不覺傷痛、不感渴望：他曾經在這裡，整個人完完整整地在這裡，深邃的雙眸，深不可測，他的頸項、他的頭髮、肩膀的弧線輪廓、他的性器、他的手腕、強有力的雙手。有一天，我將連這種搜尋記憶的活動都無法再進行，影像將不再完整，不再如此面面俱全。我還感覺得到，當我的手摸到他皮膚上那顆痣時的觸感，他的性器的味道，他嘴巴的滋味。下筆記錄這些時我無法自已，而今晨，我居然可以輕鬆地想像這一切，不再心痛。

每個早晨，我問：還要為這段戀情犧牲多久的時間？換言之，沒有傷痛的日子何時開始？

十四日星期四

S的片段記憶馬不停蹄，不曾中止，眼淚頓時成河，雖然已經一個月過去了，還是非常的難過。當然，實際上已經毫無希望了，寫下這些又表示我心裡還懷著希望，傻極了（不管理智和最後幾個月我倆之間的互動觀察所得，在在顯示他的離去即正式宣示我倆的結束）。等到他事業再度穩固，最好是能夠獲得擢升，他或許會想打電話給我。

十五日星期五

將近一個月來，眼看著我在他心裡的位置愈來愈渺小。總是同樣的故事，想通，徹底想通這到底是怎麼一回事，甚至就此記錄下來，然而還是無法相信，或者說還是拒絕接受事實吧。這一年間，令我心生警覺的場景一瞬間陸續重現：第一天在羅西亞飯店時，他的臉孔和他的微笑，而當時他根本不認識我，因此他必然是個大情聖……八八年十一月，在法俄外交聚會上，當他隨著一群大使館的女孩離開時，當時臉上的表情虛偽。

我睡得愈來愈糟，不停地作夢：一輛俄國列車，「我們可以下車」但是「得冒生命的危險」，我在列車上發現S，身無寸縷。但後來什麼都沒發生，夢很短，要不就是我醒過來了。還夢見一齣戲，我當時正在讀一篇關於它的劇評報告，風評很差。該劇是根據一篇描寫青少年的文章改編而成的，刊登在《閱讀》雜誌上，這份雜誌名稱在夢裡非常清楚地出現。

二十日星期三

令人氣惱的週末、星期一。尤其感到挫折，深深覺得自己一無是處。D. S.人在莫斯科，而且還要發表他慣常的演說，大聲疾呼那些飽受威脅的「價值」，知識分子的角色之類的。我曾主動提議回應這些演說，卻從未真正落實。無疑地，她將獲選為賀那多文學獎的評審，就算我並不是很想，內心還是希望自己能夠獲選，因為我知道當選總比沒有當選好，否則獨生子的老套嫉妒心又將作祟。

夢見S跟他的妻子（他對我表現得這般殷勤，真是太不謹慎了）。

我好累，雙臂和兩側都痠痛不已（因為扛了一張太重的地毯），而且書的創作主軸仍未定案。

S帶來的心傷才剛撫平。重讀十月、十一月的日記，才看了一頁就悲哀得淚流滿面。此時此刻，文學創作確實非我能力所及。我希望，我想應該有此可能，他會給我捎來新年的祝福，他不會留下地址，但我已經在盤算著該如何回這封我永遠不會收到的信。

二十一日星期四

夢見S在依夫多，他在廚房吃早餐，我為他在麵包上抹奶油果醬，然後問他，他太太是否也會替他弄？「會啊。」我親吻他，愛撫他，他想要我，我們上樓走進房間。母親在這裡，在樓梯頂端的那間「小房間」，正在梳洗。S顯得不悅，他得走過母親面前才能夠跟著我走進房間。總是夢見這個地方。醒來時難過極了，想當然耳。

二十二日星期五

輾轉難眠，什麼都不想要。早上，缺乏目標的世界，難以下筆。偶爾，某些關於S的片段回憶浮現，感覺卻是那麼地近，還有同一時間發生的大事同樣歷歷在目：八八年十一月還是十二月時，亞美尼亞發生大地震、米雪琳登門造訪。但是，當我「回憶」八八年七、八月間，想起與克莉絲安娜、A. M.，或是替我在卡森出版的《字典》盡心的編輯同仁，共進午餐的情景，不禁感嘆時間之奔流不息。

二十八日星期四

糟透了，就連S的回憶、他絕然離去造成的心痛，也只剩一抹傷痕。對一切感到厭煩，下學期的課要準備，寫作的計畫要擬，我的面前空白一片。可怕的聖誕假期。我夢想前往羅馬尼亞一遊，彷彿那裡是歐洲噩夢的發源地。那是七八至八〇年代留給我的印象，但是，我已經不是過去的我，沒有桎梏需要擺脫了。我寧可改變世界秩序也不願我的慾望稍減，問題癥結在此。無用的慾望，竟如此一無是處。就連收到來自他的祝福，這樣的期待，我也早已不懷任何希望了。

十一月十五日起，歡樂從我的生命消失。我的眼前沒有任何光明的跡象。歷經數日的失眠夜後，我真希望能永久地睡下去。我無法相信他就這樣走了，連一句再見都沒有。「不要做任何嘗試，不要懷任何希望」，我絞盡腦汁，這是哪齣戲的台詞？它並非戲劇對白，原來是塔羅牌裡其中一張牌上的話，我忘了是哪一張，大概是教堂吧。

在此同時，我亟欲改變生活圈，出外旅行，走入人群，跳進「真實」的世界，遠離那個光用空話堆砌的，我慣常造訪的世界。一如往常，我不願埋在依夫多的「這間房裡等著老死」。今天，這裡已經不再是臥房了，而是一間書房，有著花園窗景的書房。

三十日星期六

迷濛薄霧引我回溯到七九年的最後幾個月，十年了。母親住院，接下來的一年在我腦裡並沒有留下任何深刻的歡樂回憶，甚至可說有些無聊悲哀（西班牙的假期）。前幾天，夢見列寧格勒的路面石板塊，是去年我在聶瓦河畔撿到的。來自蘇聯的紀念……

我將所有關於母親的文件深鎖或丟棄，由此可見她的死、以及她在世的最後幾年，對我造成多麼大的影響，是時時縈繞我心的夢魘。過去的痛苦從不在我心裡停留，因為無依無靠的生活方式帶來的痛苦是如此的歷久彌新，每回都像是初次經驗。同樣地，在我眼裡，我所做的一切只有存於過去的才好、才美。十月份寫的那篇關於魁北克的文章我就覺得很不錯，而此時此刻，我想我是無法再寫出一篇這樣的文章。

我覺得自己正處在一個轉捩點上，什麼樣的轉捩點，我不知道。

三十一日星期天

夢見一個老婦人。我在一間糕餅店詢問房間出租的消息，他們指點我，沿著一條狹隘的小路走到另一間屋子去，在那兒我可以找到一間房間。那是一條死巷，牆頭擺著掃帚和一些該堆放在後院的用具。我轉身開車離去，一個巨大的輪胎正滾過廣場，幸而沒有撞到我。這些夢與我目前難過的日子有關。

八九年元旦所許下的願望，大體而言都已經實現，只是，該付出什麼樣的代價還是個未知數。

1990年

我彷彿醍醐灌頂，不過仍只算得上是淡淡的覺醒。
不論如何，我必須定下心來，隨便寫些什麼都好，不能再猶豫了。
我必須寫會對我造成威脅的主題。
這種需要就像一扇通往地下室的門，
門已經打開，我無論如何都要走下去，不惜任何代價。

一月

一日星期一

是否一如六〇、七〇、八〇這幾個整數年（把範圍縮小一點，當離婚還只停在內心盤算階段時），九〇年也將改變我的一生？提出這個問題等於展現了我想改變自己人生的慾望？可是，未知的將來、無法掌控的大動亂卻不能更進一步地啟發我。

許下這樣的願望，果真美夢成真的話，光這樣想就足以讓我感覺如願以償了。第一個願望——因為沒有它，我無法擁有真正的人生——全心投入，從一月開始，埋首創作一本書，不管是我已經起頭的那本，還是深思熟慮後決定重新開始另一本創作。第二個願望：獲得S的消息，從一月起，在九〇年的這一年裡再見他一面，無論是在東歐或在西方。內心深處，最大的幸福將是個人愛情與歷史洪流交錯，蘇聯的改革演變（革命）促成我倆相逢，就像《飄》般的傳奇。《飄》在我不知不覺的情況下，在不到十歲的我心裡塑造了對一個愛情的未來憧憬，而且持續到永久。保有渴望、想像是多麼美的一件事，美得讓我無法再與另一個男人產生情緣，除非他是個金髮碧眼的俄國人。

薄霧，今天將是個家庭團聚日。未來的十年間，歷史會出現什麼樣的演變（到目前為止，還沒有人用「十年」一詞，眼界更開闊了）？至於我個人的人生，這將是必須堅持（堅持對抗身體衰老）和證明自我的年代（寫作）。

我忘了，還有重回蘇聯的熱烈渴望，為了一項「任務」。

三日星期三

作夢：我要跟兒子們同時參加一個考試。感覺上好像什麼都沒準備。我開了父母的那輛雷諾四ＣＶ款的小車，母親就坐在我身旁，我開車。一個警察對我吹哨子，好像是因為我闖了紅燈，結果，警察不肯讓我走，因為車子的狀況很糟。我驚慌失措，因為這樣一來我就要錯過我的考試了。不知這樣闡釋對不對：我是為了母親才繼續求學，去學法律。若要說與我的書有關，是在暗示我遲遲無法下筆？

七日星期天

仍舊是這麼美的回憶，要拿它怎麼辦呢？八八年九月自莫斯科返國後在日記裡寫下的就是「美」這個字。今晚，我想起八月穿的那條印度紗麗，我把它攤開，絲綢緞面，還留有那天愛的印記。同樣的空無。我渾身乏力，了無目的。我想進行的書並不趕，世界局勢沒有新變動，但是這邊另有一段故事，真實的一章，仍然深留我心，卻不能說。

九日星期二

行屍走肉般活著，生平頭一遭真確體會出箇中意涵。能夠讓我重拾工作興味，認真工作，讓我每天清晨起來不再感到必須從頭學著去生活、去工作的唯一方法——雖無憑證，至少我是這麼地相信著——就是深信自己能夠與S重相逢，也就是說，能夠得到一點他的消息。

此時，我有一種感覺，自己好像在微弱的決心和慾望間浮浮沉沉。任何東西在幾分鐘、幾天或起了一個頭之後，就再也引不起我的興趣（開始提筆的書，計畫往阿布達比[43]的旅行）。

十日星期三

星期一，遇見A.M.。我不喜歡所謂「知識分子」的交談，事實上，裡面充斥了那麼強烈的意識型態、信仰，那些談話因而不免流於虛偽。相形之下，一般好比「要從自己喜歡的公寓裡搬走，真是難受」的日常交談，那些植基於感情、人生歷練的經驗之談就懇切得多了。

43 Abu Dhabi，阿拉伯聯合大公國的首都。

夢見一個俄國人（不是S），我和他譜出一段溫柔的戀曲（可是，他們倆長得真像！），還夢到了羅亞爾河畔的布里鎮。S從我的生命中消失至今已經超過兩個月了。

十一日星期四

天氣晴朗，終於，這是第一次，我能夠把夏季時節買的音樂帶再拿出來聽了，開車行經新市區時耳裡飄著〈黏巴達〉、〈舊金山〉甚至〈騰伯爾家的舞會〉的曲子。我深深體會出當S如一般人所謂的，「在我生命裡」的時候，我是多麼喜歡這片塵世。這次的緬懷過往不曾帶來傷痛；或許，他在我心裡的位置已經回歸到我初見他時心中浮現的想法：我倆將造就美麗驚人的故事，不摻雜痛苦。我知道這些歌曲將永遠與他連在一塊，但是以一種我慣常看待的形式，藝術的形式：感動與距離，幸福的感動，因為有了距離。

十三日星期六

夢：一間飯店，飯店人員要求我們十二點之前離開，清潔女傭強迫我整理行李，花了很長時間把所有的東西收拾好。這件行李代表什麼？最近的往事，還是更早之前的往事？在此之前，我作了個更戲劇化的夢：我爬得好高，也不知道是什麼東西的高處，那兒有一把手槍瞄準著我（誰拿手槍？我丈夫？）要把我殺掉。不過，這已經是八〇年代初期的舊事了（在夢中，我心裡很明白自己正重臨一個已成往事的情境，詭異極了）。

十五日星期一

夢連番閃過，彼此交錯。好像有必須復習的筆記，要考的測驗；我再度遇見G.D.（內心深處，難不成我對她真的有些輕蔑，那麼的孩子氣……）。比較清晰的夢：地點在克羅德巴特街，L一家人的別墅，我還是個孩子的時候真是羨慕他們羨慕得要死。我跟一個女孩和我的前夫一起在外頭吃飯（誰？麗迪嗎？），他變得肥胖、醜陋，我差點認不出來。一輛巨大的卡車經過，卡車司機看著我，然後停車問我是否認出他是誰了，我認不出來。他是住在里波恩的杜嘉汀，他一眼就認出我了。他年紀與我相仿，這個名字喚不起我的任何記憶（這跟我的書有關）。後來，出現另一棟房子，裡面是「迷人的年輕男子」B跟他的女朋友？情慾氛圍，一觸即發。這是想當然的，因為我總是不斷地問自己到底哪一點吸引他，而八八年八月他讓我神魂顛倒了好一陣子。不過，這已是前塵往事了，我有了S。上個星期五上醫院，忍耐著照胃鏡之苦——為了讓自己支撐下去——心思飄到S身上，我親吻著他的性器。這時，想到那場景，僅僅是想而已，眼睛又不爭氣了。十一月份歷經的那種煎熬，已經算是人間煉獄了，但在我看來都比現在要好。

十六日星期二

反正這本日記除了描述夢境之外，也沒有別的好寫。夢見：遊覽車的故事，到一個「教學」地點參觀，模模糊糊的。重點是，我包包掉了——十年來我在夢中掉的包包已不知凡幾，純粹是不安、憂慮的徵兆，與害怕喪失女人味的恐懼無關，心理分析的陳腔濫調。

如果七月一日前能與S重相逢，我就去義大利巴杜瓦。許願能支持我活下去，更不會有求助算命仙的風險，他們的預言太過真實，而且算命仙個個是大嘴巴。沒有一句話會被遺忘；一切取決於行動。

十八日星期四

夢一個接一個，其中一個殘酷非常：一個興奮的女人帶著一群小孩走到河邊，她手上拉著一條長長的繩索，另一端綁著一個小孩。這個小孩可說是被扯著走進水裡的，其他小孩也一樣。她不停地高喊這些孩子真是令人無法忍受。我發現身上綁繩子的那個孩子快淹死了，另一個小女孩則撞上了一塊岩石。而且最可怕的是，清澈的水面上有一具孩童的軀體載浮載沉。那個女人還不斷地反覆宣稱這不是她的錯。我好怕，好怕這個女人隱射的是我母親（過去我總覺得她不管我，任我自生自滅），還有我自己（害怕自己的孩子早夭，墮胎之事）。

另一個夢：在蘇聯一間飯店房間裡，一個男人大搖大擺地走進來好像那是他的房間，又走出去。我囤積了一些奶油薄餅、五穀麵包，數量太多了點。我拿起望遠鏡觀察街上那些手舞足蹈或激烈抗爭的民眾。還夢見一棟屋子，比這間更豪華，在一間房裡，有兩扇窗。

今天下午，我啟程前往馬賽，一如八八年十月，只是現在傷痛和渴望都已不再。昨天，有那麼一瞬間，感受到「事後的」嫉妒：瑪麗想約我見面，我想她是要告訴我她跟S有一腿。雖然所有的一切在在向我證明，就情理而言，沒有這回事，可是我當時立刻陷入苦痛深淵。二月二日，她似乎相當堅持約這個日子見面，她的堅持讓我感到不安。

十九日星期五

從馬賽回來的火車上，讀了一段卡爾維諾的《如果在冬夜，一個旅人》，該段文章這樣寫著：「坐在落葉鋪成的地毯上，手捧一本日文書……」一股熾熱的慾望立即湧上，渴望性愛，真奇怪，因為自從S走後，我幾乎成了不折不扣的冰山美人。欲哭的衝動，為了前塵往事，為了這分缺憾，為了被埋葬的溫柔。失去男人，好像一夕之間老了好幾歲，好像他在身邊時那段彷彿停滯的時間，以及幻想中的未來幾年，全都一瞬間在我身上刻劃下印記。這分渴望同時也代表著我已經準備好了，也許，跟另一個人共創同樣精采的故事。

二十四日星期三

明天我要去大使館看電影，也許可以打聽到S的消息。偶爾，會胡思亂想一通，例如：他被「外派」到法國的鄰近地方。這樣一來，我想他會給我電話，否則生命、人際關係將會是不折不扣的酷刑。反正，他來這裡，偶爾對我說聲「我愛妳」，熱烈地想要我……不過，我只為他「保留」到阿布達比的旅行之前，之後，假如他仍舊不給我消息，我將強迫自己忘了他，不管用什麼方法。因為現在，時間既是空無，奔流之快令人目眩。我寫作的速度愈來愈慢，兩天才寫了十行。

二十六日星期五

大使館，俄國電影欣賞。沒有任何消息，一部一九五六年的片子，描述蘇俄集體農莊隴溝裡的求生掙扎。了解了他——S——也就等於了解了這些戴著頭巾的女孩，那是我正隨著搖滾樂熱舞的年代，還有共產組織崛起之類的。這個地方，大使館，每每回到我腦裡——變得愈來愈陌生、怪異。但是，今晚，又一如往常地想起他的身體、他的眼眸。

我在這裡等一位新聞學教授海倫。等待S的情景再度浮上腦海，午後時光……仍不免悲從中來，泣不成聲。

二十九日星期一

最慘的是，已經沒有任何可以期待的了，我卻仍苦苦企盼。此外，我擁有大把時間，卻沒什麼可做，也就是說，我無法確定自己是否邁向正確的道路，或者該說正確的言語[44]。更何況，如果書無法在九一年出版或萬一拖到九二年的話，我怕到時沒有錢了。

三十一日星期三

明天，邁入二月。每月的初一和十五——好像銀行利息入帳一般——我恍恍惚惚

44 法文的「voie」（道路）與「voix」（聲音）同音。

地等著S重返西方世界的消息傳來，等他打電話給我。即將屆滿三個月了。我恢復的情況嚴重落後，一切顯得既緩慢又多餘，連寫作都不例外，雖然沒有持續惡化。

重讀十月、十一月份的日記，竟然忘了這麼許多事。阿根廷作家波赫士（Borges）的那句話好美：「世紀更迭，事件發生唯在當下；空中、地上、海上數不盡的人，真實的一切，就是發生在我身上的那些。」我很明白這些道理，而且了解得徹底通透。當下，「什麼才算當下？」那整個夏季。我，我……事實擺在眼前，不是嗎？

我因一個駭人的因素而寫作——五二年的六月。

二月

一日星期四

陽光燦爛，一片金黃、湛藍，舒服。小鳥瞬間呼嘯而過，少年為賦新詞強說愁的愁緒。總有一天必須昭告世人，四十八到五十二歲的婦女心思之細膩不亞於輕狂年少。同樣的等待，同樣的渴望，只是時序將轉入冬季，不是夏天了。不過，我們「知道人生就是這麼回事」！這般難捱，只有靠幾個小方法取巧減輕痛苦。今晚，我要跟「迷人的年輕男子」碰面，與他除了性愛歡愉之外別無他念——還有——要給自己找個英俊的。我渾身仍然充滿了對S的渴望，尖銳殘酷。

二日星期五

一整天充滿「文學氣息」，感覺齷齪、噁心，我無法明確指出原因何在。大獻昆德拉的殷勤，不過這類手法在文學史上頗具重要性，因為這些人，尤其是教授級的，特別喜歡我們以權威的、或是代表集體意見的口吻向他們提出自己的看法。這類手法並非全然無害。寫作對我而言向來是、也必然是一種勇氣。一種媲美激情的感覺，宛如我對S的如火熱情，寫作本身就是超越時空的價值觀念，與純潔和美的概念緊密相連的價值觀。我忘了，去年此時我對文學界的嫌惡之情，是當時的一場戀情助我度過了一切。

五日星期一

夢見母親，雖然「病痛纏身」，人看起來還算不錯。她買了一雙鞋，太窄了，走起路來腳會痛。她在說一個故事，但情節卻拼湊不完全。雖然她的身體狀況不好，但與我婆婆相較（她尚在人世，同樣罹患了阿茲海默症），還算差強人意。夢，這個夢給我一種時光可以倒流的感覺：同個時間裡，我想起母親已經離開人世，然後又回到這世間，只是拖著一身病痛，之後，再度陷入時光洪流，時間在這裡的定義不是很明確。

翻來覆去無法成眠。失眠的夜，我出於自願地再度看見S。那個夜晚，在樓下，他的背影，當時他正在調整電視頻道，身上披著我的晨袍。我總是能很輕易想像出他的身體線條，感覺到他身上每一吋肌膚。我覺得很可怕，而且我認為發瘋就是到了最後，錯把那時存乎腦海的想像當成了真實的情境。看著日子一天天飛逝，也經常想起那個「迷人的年輕男子」。

七日星期三

擺脫晨間例行痛苦了？不，我還沒到達那個程度。夢見S，我與他在波蘭再次相遇，大概是吧。我活在男人之外，我的意思是，男人的世界之外，這就如同與世隔絕一般。每天，我必須編造新的工作進度表，說服自己開始寫作。未來不再具有任何意義。

十日星期六

我企圖說服自己——並不太困難——跟B這個「迷人的年輕男子」交往會很愉快。不過，這僅止於想想而已，他不屬於我，而且要我對同樣一個男人再次產生慾望是滿罕見的事。他雖不知情，但在八八年八月時，他曾是我錯失的一次良機。想從阿布達比或是杜拜寄張風景明信片給 S ——也許他根本不會收到——光是這樣想想而已，又為我的人生許下了一個荒謬的目標。對我而言，他曾是啟發夢想和加諸苦痛的源泉，他帶給我的夢想之美、痛苦之深，以至於我無法輕易放下，放下他，或說放下他的影像，關於他的回憶。只有在喝醉的時候，我才有辦法主動上前找 B 搭訕。

十二日星期一

昨晚，法蘭絲瓦．維妮（Françoise Verney）在接受 F R 3 電視台專訪時說，她唯一的遺憾就是沒能將我延攬至 Grasset 出版社（七四年的事？）。在這集的《真情沙發》[45]節目裡，她對亨利．夏皮耶指名道姓的指出僅僅 B. H. L. 和我而已（跟他的名字連在一塊滿討厭的，不過在維妮的口中大家倒是不相往來的。此外，她自誇發掘了 B. H. L.，我呢，是她的遺珠，我倒比較喜歡這個樣子）。維妮雖說有點志得意滿、誇大狂妄，她仍然是個非常聰慧的女性，也是我衷心欽佩的那種類型。在八八年的《文學一撇》[46]節目裡，受邀的每個人都避之唯恐不及——那些知識分子，小資產階級，自命清高的一群。我當時極為同情她，那麼渾然忘我、表現搶眼。同一時間，

45 Divan，法國 F R 3 電視台製播的訪談節目。
46 Apostrophes，法國 A 2 電視台製播的文學性節目。

當我聽見她口中滔滔不絕的溢美之詞時，感覺上她說的不是我，而是另一個女人，比我更才華洋溢，更通古博今——一種完美的典型。在里波恩時我聽到一個聲音，從房間窗戶飄進來，渾然不知那是我自己的回音。而我，我在這個聲音、在這個實際不存在的女人、這個我渴望擁有卻永遠無法達到的形象的陰影下，賴活著。

感覺去阿布達比的目的無他，只是想從那裡寄明信片給 S 而已，「友誼的追憶。」

今晚看了《德國，羸弱的母親》（Allemagne mère blafarde）。我一直認為這部片是在對我訴說心事。一部電影，一本書，它的美和真幾乎無法與時間、歷史，以及活在歷史當中、被歷史改變的那群人分割。還有這部片的片名，又是一個奇妙的巧合，源自布來契特[47]的詩句。

《人生與命運》，如此偉大的一部書；《德國，羸弱的母親》，如此偉大的一部電影。那我呢？我寫了什麼？

十五日星期四

失眠夜，接連著幾個模模糊糊的夢，不祥之感。聖沙圖的路上，正當我要過橋的時候，橋卻封住了，那裡的空間剛好夠讓車子迴轉，車子幾乎擦過水面。我走進一家奇怪的咖啡廳，類似一間小小的沙龍。碰見安妮・勒克萊克（從來沒見過她），我很驚訝地發現她在這裡出現，「多巧啊！」不過她沒待多久就走了。這裡，我的家裡，廁所起火了，是艾瑞克引起的。我建議去拿擺在廚房櫥櫃裡的滅火器，滅火器卻不翼而飛，我們懷疑是大衛幹的好事；不過，還是被我找著了。另一個夢：我開車，險象環生，但沒有發生意外。七點鐘，我醒來，恍惚中好像聽見電話鈴響，無法確定這是夢境還是現實。與我應有的作為相較，我現在的日子過得糟透了。情況再明白不過了，每出一次門——昨天去了巴黎一趟——就喚醒一次內心的傷痛、缺憾和對寫作的不在乎。我星期天將出發前往阿布達比……

十六日星期五

據說西蒙波娃有個怪癖，她把自己的一生，整個人生，都錄進一台超大的錄音機裡面。這個女人多奇怪啊，嘴裡滿是存在、自由，頭頭是道，竟有這種慾望，如此平凡、無用，因為把一生中所有的行為、談話加以錄影或錄音存檔，的確能透析出某些東西，但絕對無法反映全部。想要解釋人生，還需要考慮到所有的影響力、讀進去的東西以及某些隱密的，不能昭告大眾的部分。

47 Bertolt Brecht，1898-1956，德國劇作家詩人。

二十四日星期六

這個星期，機緣巧合，我剛好受邀上《文學一撇》談西蒙波娃。我立即欣然接受，雖然時間上頗有餘裕——與我的書相比——還是有其迫切性。對我來說，這是一份「作業」，對西蒙波娃的禮讚，或者該說是我欠她的一分情。沒有她，的確，我將不會是現在的我，她的形象一路伴著我走過年少歲月和人格塑造期（一直到我三十好幾）的頭幾年。還有，她在八六年我母親去世八天之後撒手人寰，這肯定是又一個徵兆。又惶恐又期待自己能傳遞一些正面的訊息，一種屬於文學的行動概念。

阿拉伯聯合大公國……該怎麼說呢？旅行的快樂，實地目睹原本只能想像的事物（就我而言，想像力向來闕如），對於活動一律循著制式規定的特點感到氣惱等等。不過，很奇怪的，有滿長一段時日，心頭已無重擔。身邊跟著一個地陪，根本無法有什麼行動，他簡直像是喬塞林[48]的翻版！我寧願花心思去想那個迷人的年輕男子。然而，然而，星期一下午，在房間裡——一屁股坐上電視旁的桌子上，就著左邊的桌燈，對著正對面的鏡子盯著自己看，大馬路上的喧囂飄進十三層高的樓層，溜進一三一四號房——我做的第一件事，就是給S寄一張阿布達比的明信片，請蘇聯駐法大使館轉給他。「來自波斯灣的濃厚情誼紀念——安妮．艾諾。」他收得到嗎？如果可以，可能有兩種結果：電話鈴響；音訊依舊杳然。後者可以有各種闡釋：冷漠、拒絕再度扯上關係，就算相隔千里也不要——很高興我沒忘掉他，但是並不想顯露出來。這張明信片的目的在於探詢消息，他惱火也好，緬懷也罷。

天氣好得出奇，當我躺在太陽底下等待時，夏天又出現在我的生命裡了，最後一個夏季。我驚覺竟然已經過了這麼長的時間。沒有他的冬季結束了。與他重逢，依舊永遠是極致的幸福。

三月

二日星期五

星期三晚間，聽見 N 說的話，嚇了一跳：「妳跟所有的女人一樣，不喜歡被支配？」她的意思是想法受到支配。這話正好點出女人之間的大不同，有些點頭稱是，另外則恰好相反。

欣賞菲洛諾夫[49]作品展，會場播放著一捲錄音帶：「當我進行某些計畫，遭遇阻

48 J. F. Josselin，法國作家、編劇。
49 Filonov，蘇聯建築設計師。

礙時，必須勇往直前，因為尋找解決之道的歷程，才是真正的創新。」

去年，我痛苦萬分地活在我的故事裡。遺忘雖開始活躍，但是我仍在腦裡想像重相逢的情景，並為此痛哭。

從我搬到巴黎地區以來，這是頭一回看見李樹在二月裡開花（一月有來自日本的榅桲樹），還有玉蘭花在枝頭展新綠，紫羅蘭枝葉茂密。天很冷（攝氏零度），十二月後，氣溫還不曾這麼低過。我的人生正面臨著「大逆轉」？相較之下，用唱片換面做比喻是否比書本翻頁更恰當？但是，我特別覺得用日晷形容最恰當。

六日星期二

老歌：「沒有愛情的春天，怎能說是春天？」儘管活動滿滿，《文學一撇》節目，千篇一律的日子底下是極致的痛苦，跟這個疑問：「多久沒愛上一個男人了？」問題癥結在於我無法為了性而上床，我需要真正的渴望——在列寧格勒街上，九月的那個星期天，在杜斯妥也夫斯基故居，在欣賞芭蕾表演時，在卡拉里亞飯店房間內跟那團人在一起時，我親身感受到的那分慾求。一切仍然顯得如此栩栩如生，栩栩如生得恐怖，他身體的每一個線條都歷歷在目。那天晚上，沉入絕望谷底的我讓自己達到了高潮（我幾乎可以肯定這種事絕不會再發生），當時的我化身為他的歡愉，化身為他，在短短的瞬間。談西蒙波娃和沙特，等於在談S，雖然兩者完全無從比較，客觀而言，他不過是個俄國共黨官僚。

七日星期三

西蒙波娃日記裡的幸福讓我無限渴望，我呢，重讀自己的日記，只有恐怖可言——就這樣，去年三月間，是混亂、厭世、嫉妒。到現在，想起那個月，心裡仍一陣抽緊。不過，最重要的是，我自問如何、用什麼方法才能獲得些許心靈的平靜。恐怖的去年，無狀的悲哀，今年，在何方？什麼模式？這個時刻，是我尋常等待S，做愛的時候，那時他還在這裡。我能跳脫這些嗎？甩開他無聲無息的消失的事實？修改英文版的《位置》。他離開的那一天，我替《一個女人》做著同樣的事。四個月了，我為這些回憶而哭，一如往常。我所做的：為環法自行車大賽寫一篇開幕序言，上《文學一撇》依舊是為了他，但我的心卻不在此。

九日星期五

那個三月不像八六年，但同樣充滿「不確定感」，因為外在的因素而中斷寫作，把波娃的經歷強加諸S身上（那些給沙特的信令我相當煩膩）。《文學一撇》介紹

K的書，令人不快。此外，我盡力加速埋葬S的工程進度——我中輟了俄文課程。八八年夏天邂逅的迷人年輕男子B（就快滿兩年了）星期四晚間登門造訪，再度誘我胡思亂想，竟至輾轉難眠，腦裡翻騰著，想像著可能、或者該說不可能發生的情況（難道他只是為了他的「短篇小說」，希望能夠發表，才找上我？）。我非常的脆弱，肉慾極端強烈，這不是新聞了。但是這七年來，打從我重獲自由之後，情況是愈來愈厲害。跟他的關係相當微妙，先是在納伊，然後是聖日耳曼大道咖啡廳——八九年見過他兩次，帶點不耐，因為S的緣故——一個月前，見過一次，在皇家橋地區，這次興趣較濃，甚至到達某種相當的程度。後續如何？電話裡，他的聲音略顯顫抖，感動，柔情似水，但這僅僅是我自己的感覺而已。除非他也同樣感到某些程度的慾望，我無從得知。跟他一起，期待——太想入非非了，唉——一種曖昧的主動。

十日星期六

五點半醒過來，恍惚聽見電話在響（依我看，是夢），隨即掉進六個月前屬於我的激情世界（我因此發覺自己不再那般陶醉其中）。接著，又一個夢：我裙舞飛揚輕盈地跑著——因此，是非常正面的夢——跑下台階之間相隔寬綽的階梯，一級一級奔向停車場。不過，後來又作了個恐怖的噩夢，我在盧昂搭往巴黎的火車，列車應該在依夫多站讓我下車。我坐在一間火車包廂裡，包廂裡還有一個女子坐在我左邊，我翻閱著《美麗佳人》雜誌。天黑了。火車停下，我看了半天還是看不到車站的站名。列車內還有好幾團團體旅客，類似地中海俱樂部的旅行團，他們的目的地是義大利（難不成又是對六三年羅馬之旅的緬懷？）。他們下車，我也跟著下去，我不知道身在何處，而且我永遠也不會知道。他們只是淡淡地告訴我前往巴黎的下班車八天後才有，因此我必須求助於其他的交通工具，好比貨車。我向一位男子詢問，他的身材極為高大壯碩，頭差一點就要碰到車站的天花板了，我變得好小好小（我非常非常的驚訝）——或許，有此可能。我醒了。

在《文學一撇》看到葉爾欽和諾密耶季夫[50]。葉爾欽簡直就是二十年後的S，深邃、機靈、殘酷的眼眸；嘴巴不像。同樣的自戀、狂妄、俄國性格？今晨，後悔寄明信片給S。

十二日星期一

再次夢見我在RER車廂內，模模糊糊的。難道每天半夜我都搭乘大眾交通工具……

50 Zinoviev，1883-1936，俄國政治人物。

十三日星期二

起了個大早，想專心寫完這篇關於環法自由車賽的開場序，可是我拖拖拉拉的。作白日夢。眾所周知的陷阱，任由慾望奔流牽引，然後成就一段可期的故事（當然是以「迷人的年輕男子」為對象）。夢見自己在旅行，或是安錫，或是莫斯科。飯店，房間，房間號碼我忘了，是一五二〇還是一五二二？好像是一五二〇。有個陪同人員，不過不是S。另外這個夢讓人不安：一個穿著泳衣的小女孩失蹤了（後來找到了，已經死了？）。夢裡還有小女孩生前出門散步的現場模擬。讓她再度活過來，有助於了解事情發生的經過。不過，事情並不簡單，因為我們已經知道結果了（非常正確）。這夢呈現出寫作的浪漫奇情形象：結局已經揭曉。

十五日星期四

迷人的年輕男子上門了，他顯得感動莫名，我想他八成也對我懷有遐想，或者猜到我對他有意思，他應該「猜得到」（這裡，我是主宰）。氣氛沉重、疑慮，後來話題打開，一切不安散盡。老實說，我對他的慾望消失了，他太愛探聽八卦，太稚嫩了，而我在上《文學一撇》前還有工作要做。他待了大概三個多小時，臨走時，他告訴我他的女友出門滑雪去了。太遲了。我開車送他去火車站，在互道珍重的時候，我匆匆地撫過他的手臂，糟糕的舉動。總比什麼都沒表示好，讓他更加迷糊不安——小小的惡行。我敢肯定他的床上功夫一定很爛。

某個時刻，他從坐著的扶手椅裡站起來，說：「很抱歉，我抽筋了！」我很想笑：「拉拉就好……」這跟S在列寧格勒的情況相比，真是有如天壤之別啊。

十九日星期一

重讀了《中國人》（Les mandarins）。我簡直是書中安娜的化身，換言之，路易斯（Lewis）即S，我感動得哭了。S. de B.寫著：「再也沒有人帶著這口音呼喚『安娜』了。」我也寫過同樣的句子，果然成真。這些日子，從阿布達比回來後，我逐漸遠離第一線的、殘酷的悲傷：去年，也就是幾個月前，只要讀幾行我的心情告白，淚水立即泉湧不止。在這些反應裡，我看到了S. de B.和我之間極端的相似之處，包括殘暴的舉動：「沒跟人上床算什麼故事！」這話，我全力相挺。末了，有這一番話：「誰知道？也許哪一天，我又能重拾歡樂？」沒錯，我舉雙手贊成，而且是願意接受S之外的人。重讀《中國人》讓我重燃寫作的熱情，真實寫下這分愛戀，沒有欺瞞。

二十二日星期四

明天，《文學一撇》節目，在我眼裡，這是不折不扣的考試，好像大學畢業考或是中學師資大考，一模一樣的感受，一方面覺得「準備好了」，一方面又覺得還不夠完備，總之，現在，了結的時候到了。懊惱自己才向梅希鐸索價三千法郎而已，他一定能給得更高。梅希鐸和法國共產黨圍堵的動作愈來愈多，我心裡愈來愈沉重。

二十四日星期六

結束了。上電視，出現在大眾面前，為什麼有種受辱的感覺？總是這樣，無法暢所欲言，把對波娃所知的一切盡數吐出。極度不滿。

在波桑斯，我對一個女人說的話裡包含了一件事實：一直到我母親過世，我開始寫她之後，才終於能夠走進「她」的世界。

書展。說不定S會跟俄國作家一起出現在那兒？萬一他不想見到我，或者他在巴黎還有一個女人怎麼辦？我再度陷入去年的煉獄，而我已經不是那麼想要這樣了。

二十五日星期天

疲憊至極。意思相當明朗的夢：在依夫多的地下室，儘管危險重重（戰爭？受到那部我在片中插上一腳的戰爭電影的影響？），我固執地想外出找一根菸抽，而且史達林的名字一再地被提起。那是一九五二年的地下室，在那兒，父親想置母親於死地，我的世界開始崩解。至於史達林，是共產黨的關係（昨天在波桑斯，和幾位共產黨員進行論證，氣氛友好）。父親是階級的良知，無法否定其來有自。明白了在當時年僅十二歲的我眼裡無法理解的舉動（錯了，我完全理解，它是可以解釋的）其實其來有自：母親咄咄逼人的性格，她想凌駕一切的霸氣、想主宰一切的絕對支配慾。

二十六日星期一

現在的我，連痛苦都被剝奪了，世界一片灰濛濛。S不會知道我上了《文學一撇》，這當然是為了他。我已經放棄了俄文，以及所有跟去年那段不再有任何意義的故事相關的一切。我只看到心甘情願的空泛激情，不過，除此之外又還能有些什麼呢？這層領悟才真正駭人。真實的人生存於激情之中，還有想死的念頭一路相陪。這種人生不是創造的人生。過去幾個星期，我重讀波娃、沙特，靜心思考，這是走出陰霾的最佳良藥。一如往常地，我奉獻出我所有的生命、我的感情，用來詮釋波娃。那些在場男士把她矮化成文學界軼聞的情景真令人難受。

二十七日星期二

七點五十分，電話響了，我拿起話筒，沒有聲音。沒有其他電話。整夜滿懷著對「迷人的年輕男子」的渴望，如今，他是能夠承載我的情愛慾望和遺忘的唯一人選。腦海又再次浮現我倆做愛的方式，如此清晰，如是寫實。感受不到任何痛苦，非常接近真實的經驗。我覺得這分關係裡的情慾，無疑的，是唯一的真相。星期六開始我就非常不舒服，先是一股無法壓抑的睡意，已經兩天了，而昨天起又多了什麼都不想做的懶念，不想進行任何計畫。

午後。第一次豁出去了，在網路上用塔羅牌算命。提出一個問題：「S，我最後的一個情人，是否會在近期內給我消息？」大約半小時後，答覆出現了（妳好，我必須付出的代價！）：S肯定比妳小很多，他一定會給妳消息，但是，對這分關係不要抱持過多的希望。這個「命理家」當然已知我的年齡，不過還是相當令人困惑。不，理性地仔細想想（除了她「看出」S的年紀之外）：她把我當成一個朝三暮四的女人，因此就尋常的道德觀來看，我不太可能找得到「好」男人，維持長久的關係。

二十九日星期四

十一月時感到傷痛，其實已隱約預測到後續的可能發展。就這層意義而言，感到傷痛是正確的，這不僅是一段單純的人生歷程而已，而是整個人生。在那段時間裡，S幾乎成為羞愧、迷失的代名詞。曾經說出口的話現在變得好陌生：「無論何地，無論何時，你都可以要我做任何事，我一定會給你，為你做到。」我無法再這麼斬釘截鐵了。而他，或許還相信著吧。

生平頭一次，在三月裡看見滿樹的花海（已經開了一個星期），甚至連紫羅蘭都怒放。至於小B那邊，沒有消息，他應該收到我要求回覆的信了。我認為他正深為所苦，何況他又聰明絕頂，所以跟他談戀愛，反正，不會有我喜歡的那種狂戀的感受。

按照計畫去了阿布達比，上了《文學一撇》，為梅希鐸寫了開場序，換言之，與S相關的一切，不管這關係是深是淺，在在將我拖離他的陰影、對他的追憶。小B，依舊隸屬可能的交往名單之列。

我甚至不能肯定創作是自由的，我想就算創作主題與最可怕的精神錯亂或往事無關，過往的恐怖經歷也屢屢現身文字當中。不過相對的，結果——也就是書——搖身一變成了他人尋求解放的方法。

晚間。最恐怖的是，過去我找男人是為了「安全感」，有父兄在旁的感覺。現在，純粹是為了愛；換句話說，更接近寫作的意義，為了喪失自我、為了感受全然的虛無。

三十日星期五

夢見自己必須去馬德里（？）。努力地回想——徒勞無功——五九年在瑪麗·胡德瑪小學教過我的那位模範女老師叫什麼名字。有那麼一段時間——什麼時候結束的？——我曾經可以想要知道她的名字就能想得起來。這段時間結束了。

三十一日星期六

不是馬德里，而是辛辛那提，或許是紐約和芝加哥也說不定，在五月時節。正當我手裡揀著四季豆，腦筋昏昏欲睡之時，有人打電話給我。滿心雀躍，沒多久就沉澱了，不過，與世界接軌，總是還能夠支持我振作的少數幾樣東西。我真的無法容忍全世界我最最想去、最能帶給我莫大歡樂的國家——蘇聯——拒絕了我。但是，我已無法斷言它帶來的會是最大的歡樂。我萬分抱歉地看著S的影像回復本位，再次變成了我在艾琳家初次見到的那個品味高貴的年輕俄國人。

再度想起史賓諾沙（Spinoza）：奔流在物質上不斷變幻的慾望。作品定案。我仍然堅持我之前想寫一部歷史小說的原意，不過，我難道不該坦然面對S的那段紅塵往事跟寫作之間的問題嗎？

四月

一日星期天

夢見小B打電話給我，跟上次一樣聲音顫抖不止，不過，他嚴厲地譴責了我那天的舉動。我想事實上，他對我完全沒有那個意思，何況我上一封信依然石沉大海（其實，我雖如是寫著，私底下還是有所期待，況且，也有可能是他不知道該如何採取行動，「求歡」）。

為《教育學刊》寫的文章爛透了。浪費時間，文義散漫，毫無知識性可言。

二日星期一

夢見S寫信給我，還是用法文寫的，我花了好一番功夫才看懂。他先謝謝我從阿布達比捎去的卡片，還提到了返回蘇俄的這一年備極艱辛。夢裡，我心想：「我還以為自己在作夢哩！可是我清醒得很。」

今天，重拾已經起了頭的工作，希望經過這一個多月的中斷之後，能夠思緒澄明地評估繼續的可能性。

三日星期二

夢見：我的前夫在書房對我說：「妳把自己的文件攤在全世界人的目光下，妳從來不整理，這般……（哪個字眼？「可怕」？「傷人」？）的東西。」他提到的文件是我對五二年六月的一段敘述文字，我昨天才完成初稿：「父親想殺母親。」類似序言的一段文字，一切的開端。五二年，我掉了淚，快三十八年了——之後，不見下文。驚訝地發現我已經忘了大半，只記得寥寥幾句話，母親說：「勒可神父在偷聽吶！」父親對我說：「我絕對沒有傷害妳！」我說：「你要害我考不上了啦！厄運要找上我了！」（相當尋常的用語，意思是一切再也回不到從前，我們已經掉進凶厄的命運裡）。

六日星期五

自上薩瓦省的格諾伯勒返家。

對安錫的印象，不含情感全然中立。看了《玫瑰花園》，我覺得我也可以推開柵欄，踏上石階，走進方形玻璃走道，也就是說，舉手投足表現得好像未曾經歷這十六年來的歲月，生活照樣繼續著。漫步聖克萊爾街：蜜東雞鴨肝膨舖、小咖啡廳、佛來提、波麗特乳品都在；然而，阿拉伯酒吧、阿爾薩斯燻肉舖（很久以前的事了）、老闆娘把約會當成生命——也許吧——的香水店還有皮件店「綠蜥蜴」都收了；以及紡紗路上的薩文科。從愛克斯到格諾勒伯，一間間屋舍後是一方方小花園。小花園裡，頭戴鴨舌帽、一身藍色工作服的男人，坐在椅子上，享受太陽的溫暖。

回到家，累得不得了（因為在格諾勒伯的那場「與讀者有約」，我搖身一變，成為飾演自己的女演員，盡力演繹親和力十足的女作家，為大家解釋她的文章），信箱裡依然沒有——將來也不會有——S的消息。小B也沒來信，一切都過去了。

九日星期一

今天，清醒時感到莫名的幸福，這是自十一月六日（最後一次與S相聚之日）以來的第一回。儘管如此，這種幸福的感覺毫無來由，我彷彿醍醐灌頂，不過仍只算得上是淡淡的覺醒。不論如何，我必須定下心來，隨便寫些什麼都好，不能再猶豫了。

我必須寫會對我造成威脅的主題。這種需要就像一扇通往地下室的門，門已經打開，我無論如何都要走下去，不惜任何代價。

國家圖書館出版品預行編目資料

沉淪 / 安妮‧艾諾(Annie Ernaux)著;蔡孟貞譯 .
-- 二版 .-- 臺北市:皇冠, 2022.12 面;公分 . --(皇
冠叢書;第 5064 種;CLASSIC;119)
譯自:Se Perdre
ISBN 978-957-33-3968-7(平裝)

876.6　　111019653

皇冠叢書第 5064 種
CLASSIC 119
沉淪
Se Perdre

© Éditions Gallimard, Paris, 2001
Published by arrangement with Éditions Gallimard through Bardon-Chinese Media Agency
Complex Chinese edition copyright © 2022 by Crown Publishing Company, Ltd.
All Rights Reserved.

＊ Sale is forbidden in Mainland China

作　　者—安妮‧艾諾
譯　　者—蔡孟貞
發 行 人—平雲
出版發行—皇冠文化出版有限公司
台北市敦化北路 120 巷 50 號
電話◎ 02-27168888
郵撥帳號◎ 15261516 號
皇冠出版社(香港)有限公司
香港銅鑼灣道 180 號百樂商業中心
19 字樓 1903 室
電話◎ 2529-1778　傳真◎ 2527-0904
總 編 輯—許婷婷
責任編輯—張懿祥
美術設計—馮議徹、李偉涵
行銷企劃—許瑄文
著作完成日期— 2001 年
二版一刷日期— 2022 年 12 月

法律顧問—王惠光律師
有著作權 ‧ 翻印必究
如有破損或裝訂錯誤，請寄回本社更換
讀者服務傳真專線◎ 02-27150507
電腦編號◎ 044119
ISBN ◎ 978-957-33-3968-7
Printed in Taiwan
本書定價◎新台幣 380 元 / 港幣 127 元

●皇冠讀樂網：www.crown.com.tw
●皇冠 Facebook：www.facebook.com/crownbook
●皇冠 Instagram：www.instagram.com/crownbook1954
●皇冠蝦皮商城：shopee.tw/crown_tw